Dirk Walbrecker
20.000 Meilen unter dem Meer
Reihe: Walbreckers Klassiker
Kuebler Verlag

Das Buch:

Jules Verne ist der vielleicht erste Science Fiction-Autor und Verfasser von vielen fantastischen Romanen, die in alle wichtigen Sprachen der Welt übersetzt wurden.
Abtauchen mit Kapitän Nemo und seiner Crew in der futuristischen „Nautilus“ (dem ersten U-Boot der Welt) in eine unterseeische exotische Welt, die von Ungeheuern und wundersamen Wesen belebt ist. Eine Welt, in der es unter größter Lebensgefahr schier unglaubliche Entdeckungen zu machen gilt.

Der Autor:

Dirk Walbrecker, geboren in Wuppertal, seit 1965 in München und jetzt in Landsberg am Lech lebend, Vater von 3 leiblichen Töchtern und inzwischen auch von zahlreichen literarischen Kindern.
Nach diversen Studien (u.a. Germanistik und Pädagogik) viele Jahre beim Film und einige Jahre in der Schule gearbeitet.
Seit 1986 freiberuflicher Autor: Drehbücher, Hörspiele, Hörbücher sowie Bilderbücher, Kinder- und Jugendromane. Zahlreiche Auszeichnungen und in 15 Sprachen übersetzt.
In den letzten Jahren häufig auf Lesereisen, um jungen Menschen live und lebendig Freude an Literatur und allem Musischen zu vermitteln.
Zudem Schreibwerkstätten verschiedenster Art und Thematik für Kinder, Jugendliche und Erwachsene.

Nähere Informationen, Unterrichts-Materialien etc. unter:
www.dirkwalbrecker.de

Walbreckers Klassiker
für die ganze Familie

20.000 Meilen unter dem Meer

neu erzählt
von Dirk Walbrecker

KUEBLER VERLAG

Walbreckers „Klassiker für die ganze Familie“ im Internet:
www.walbreckers-klassiker.de

Impressum

Neue vom Autor durchgesehene Ausgabe

ISBN 978-3-942270-80-9

Inhalt

Auf den Spuren eines Ungeheuers

Es war im Jahre 1866, als die ersten Gerüchte auftauchten. Ein merkwürdiges Objekt, ein Körper von riesigen Ausmaßen, war kurz hintereinander von mehreren Schiffen gesichtet worden. Die Beschreibungen der Seeleute stimmten verblüffend genau überein: Das Monstrum sollte angeblich extrem lang sein, sich außerordentlich schnell und gewandt fortbewegen. Es konnte Wasserstrahlen mindestens einhundertfünfundfünfzig Fuß hoch in die Luft schleudern. Und was die Sache noch rätselhafter machte: Zuweilen ging von dem Objekt phosphoreszierendes Licht aus.

Im Nu verbreiteten sich die Sensationsmeldungen von Kontinent zu Kontinent. Kaufleute, Reeder, Kapitäne der Handelsflotten, Offiziere der Kriegsmarinen und sogar Staatsmänner waren beunruhigt. Und wo immer man auftauchte – ob in Kaffeehäusern, im Theater oder bei einer privaten Einladung –, überall gab es nur ein Thema: das Meeresmonster. Die Zeitungen waren voll von Spekulationen. Zeichnungen von gigantischen Untieren und unheimlichen Wesen wurden abgedruckt. Und selbst in gelehrten Gesellschaften und wissenschaftlichen Journalen diskutierte man sich die Köpfe heiß.

So ging das einige Monate. Alles war möglich, nichts war bewiesen. Das Thema war vorwärts und rückwärts durchgehechelt und es schien alles gesagt. Die Menschen brauchten neue Sensationen ...

Dann aber, man schrieb den 5. März 1867, wurde das Thema schlagartig wieder aktuell: Im Morgengrauen, fern von Festland oder Inseln, rammte die *Moravian* bei klarem Wetter ein unsichtbares Objekt! Ein fürchterlicher Stoß hatte das Passagierschiff durchgeschüttelt. Ein Teil des Kiels war zu Bruch gegangen. Der Ozean war auf drei Kabellängen gewaltig aufgewühlt ... ein Rätsel!

Nur drei Wochen später das nächste Unglück: Die *Scotia*, eines der modernsten Schiffe der berühmten englischen Cunard Line, wurde bei ruhiger See und günstigem Wind von einem Stoß unter Wasser erschüttert. Gleich darauf die Schreckensmeldung aus den Tiefen des Rumpfes: zwei Meter breites Leck am Kiel, das vier Zentimeter starke Eisenblech sauber durchschnitten! Zwar entging die *Scotia* dank ihrer modernen Mehrkammerkonstruktion einer Katastrophe und konnte die Fahrt mit halber Kraft fortsetzen. Aber ich sage es gleich: Nun war jeder, der etwas mit Schiffen oder dem Meer zu tun hatte, schlagartig hellwach. Und auch ich, meines Zeichens stellvertretender Professor am Naturhistorischen Museum in Paris, war plötzlich mit meinen Fachkenntnissen gefragt. Ich war soeben mit einem Schatz von mineralogischen, botanischen und zoologischen Funden von einer sechsmonatigen Expedition zurückgekehrt, an der ich im

Auftrag der französischen Regierung teilgenommen hatte. Ich wartete in New York noch auf meine Einschiffung nach Frankreich, da erreichte mich ein hochoffizielles Schreiben vom amerikanischen Marineministerium an den „ehrenwerten Professor Pierre Aronnax, Verfasser des allseits gerühmten Buches ‚Die Geheimnisse der großen unterseeischen Tiefe'". Mit aller Dringlichkeit wurde ich bei meiner beruflichen Ehre gepackt. Alle Welt erwartete auch von mir einen Beitrag: Handelt es sich bei dem gefährlichen Unterwassermonstrum um ein Ungeheuer von kolossaler Kraft? Oder ist eine unbekannte politische Macht im Besitz eines unterseeischen Fahrzeugs mit gigantischem Triebwerk?

„Conseil", sagte ich zu meinem Diener, der mir seit zehn Jahren treu zur Seite stand. „Pack sofort unsere Koffer!"

Warum diese Eile? Weshalb sollte ich mich umgehend auf der *Abraham Lincoln* einfinden?

Sehr einfach: In den letzten Tagen hatten sich die Schreckensbotschaften gehäuft. Das Ungeheuer hatte nicht nur einmal seine grausamen Waffen gezeigt. Nein, es waren gleich mehrere Schiffe angegriffen worden. Es wurden Listen von vermissten Schiffen aufgestellt und die ungeheuerlichsten Spekulationen angestellt:

Trieb dieses rasende, zerstörungswütige Monstrum nicht schon länger sein Unwesen? Gingen dic unzähligen Toten auf den Weltmeeren hauptsächlich auf seine Rechnung? Handelte es sich bei dem Untier vielleicht um ein Monsterexemplar des Gemeinen Narwals? Tatsächlich ist dieses Tier eine Art See-Einhorn, ausgerüstet mit einem Zahn, einem Degen aus Elfenbein, der bei den bislang gefangenen Tieren am Schaft eine Stärke von bis zu 48 Zentimetern misst. Wer will behaupten, dass sich in unerforschten Tiefen der Ozeane nicht Wesen versteckt halten, die es an Größe und Gewalt mit den ausgestorbenen Dinosauriern aufnehmen ...

Kurz gesagt: Die amerikanische Regierung hatte größtes Interesse, den Urheber der Unglücke zu finden und zu vernichten. Und dementsprechend war auch die *Abraham Lincoln* ausgerüstet. Als ich an Bord von Kommandant Farragut herzlich begrüßt wurde, konnte ich mich sogleich von der Tauglichkeit des Schiffes überzeugen: Es handelte sich um eine segeltüchtige Fregatte, die dank einer speziellen Heizungsapparatur den Dampfdruck bis auf sieben Atmosphären treiben konnte. Damit ließ sich immerhin eine mittlere Geschwindigkeit von 18,3 Meilen in der Stunde erreichen, Ob dies allerdings für einen Wettstreit mit dem gigantischen Ungetüm ausreichen würde ... ich wagte dies zu bezweifeln. Den letzten Meldungen zufolge narrte das Teufelswesen seine Widersacher, indem es in bisher nicht vorstellbaren Geschwindigkeiten seine Jagdplätze wechselte.

Nun gut, man musste abwarten. Zuletzt war das Monster in den nördlichen Gewässern des Pazifiks gesichtet worden. Und genau dieses Gebiet war auch das Ziel der *Abraham Lincoln*, als sie am 4. Juli 1867 vom Kai von Brooklyn ablegte. Sage und schreibe eine halbe Million

Schaulustige hatten sich zum Abschied am East River eingefunden. Hunderte von Fähren, Tendern und Booten gaben uns das Geleit. Von den Forts, die das Ufer des Hudson säumten, wurde Salut geschossen. Und die *Abraham Lincoln* erwiderte die Ehrung durch das dreimalige Niederholen und Hissen des amerikanischen Banners mit den neununddreißig glänzenden Sternen. Schlag drei Uhr ging der Lotse von Bord und Kommandant Farragut ließ die Feuer schüren. Heftig schlug die Schraube Wellen und wir ließen die Leuchtfeuer hinter uns. Wir passierten die niedrige gelbe Küste von Long Island und um acht Uhr abends stieß die Fregatte mit voller Kraft in die dunklen Wasser des Atlantiks hinaus.

Wer nun glaubt, die *Abraham Lincoln* hätte eine kurze Reise vor sich, der sei gleich hier eines anderen belehrt: Die Geduld der Mannschaft wurde aufs Ärgste strapaziert. Ja, es kam auf dem langen Weg zu unserem großen Ziel fast zu einer Meuterei. Zu Anfang schienen nur zwei Leute Zweifel an unserer Unternehmung zu haben – ausgerechnet die, bei denen ich es am wenigsten gern sah. Der eine war mein flämischer Diener Conseil. Sonst ein Vorbild an Freundlichkeit, muffelte er die meiste Zeit in seiner Kabine rum. Letztlich konnte ich ihn verstehen. Er war ein Mensch, der immer etwas zum Katalogisieren brauchte. Egal, ob es sich um Pflanzliches oder Tierisches handelte, alle meine Funde wusste er stets vorbildlich zu ordnen. Nur hier und jetzt gab es nichts zu sortieren. Viel schlimmer: Das einzige, was wir jagten, war möglicherweise ein Phantom, eine pure Einbildung. Genau das vermutete auch der Mann an Bord, von dem ich das meiste erhoffte: Ned Land, unser kanadischer Harpunier, ein Meister seines Fachs, der beste unter den Walfängern. Ich war ihm gleich zu Anfang nahe gekommen – vielleicht weil er die gleiche Sprache wie ich sprach. Darüber hinaus war er aber auch ein hochintelligenter und wacher Gesprächspartner leider allerdings mit gänzlich anderen Ansichten als ich:

„Was wir suchen, gibt es nicht", erklärte er mir mehr als einmal. „Ich kenne mich aus bei den Walen. Was die Leute gesehen haben wollen, Herr Professor, ist reine Einbildung. Das sollten Sie als studierter Naturforscher eigentlich wissen."

Ich musste mich zum wiederholten Male beherrschen. Da fuhren wir über den Äquator, ließen den ganzen amerikanischen Kontinent hinter uns und umschifften Kap Hoorn. Da wechselten wir in das größte aller Weltmeere, den Pazifik, erreichten ein zweites Mal den Wendekreis des Steinbocks und stießen in die Tiefen des Stillen Ozeans vor. Was aber hatten wir erreicht? Im Grunde nichts! Zwar waren wir nun genau in dem Gebiet, wo das Rätselwesen zum letzten Mal gesichtet worden war – aber vor unseren Augen breitete sich nichts als die schier endlose Weite des Ozeans aus. Kapitän Farragut hatte sein Bestes getan. Er hatte eine hohe Prämie für denjenigen ausgelobt, der als Erster das Monsterwesen entdecken werde. Bis auf Ned Land und Conseil waren auch alle mit höchster Wachsamkeit dabei. Viele hielten sich freiwillig auf Deck oder in den

Masten auf, um Ausschau zu halten. Jeden Moment konnte schließlich das rätselhafte Ungetüm vor uns auftauchen. Warum sollten wir geschützter sein vor einem willkürlichen Angriff als diejenigen, die sich früher in diesem Gebiet aufgehalten hatten? Zwar war die *Abraham Lincoln* mit den modernsten Waffen ausgerüstet. Es gab Harpunen, die man mit der Hand schleuderte, Donnerbüchsen, die Pfeile mit Widerhaken abschossen und Entenflinten für explodierende Kugeln. Außerdem besaßen wir das neueste und bisher einmalige Exemplar einer Hinterlader-Kanone, die ein Projektil von vier Kilogramm Gewicht über eine Entfernung von 16 Kilometern schleudern konnte. Doch was nützen all diese Superlative, wenn man wochenlang in einem Meer kreuzt, das seine Geheimnisse nicht preisgeben will?

Ich mache kein Hehl daraus: Ich war frustriert und die Mannschaft ebenso. Irgendwann wurde man beim Kapitän vorstellig und verlangte den Abbruch der Expedition. Farragut versuchte die Gemüter zu beruhigen und bat mich um einige Tage Geduld. Äußerlich ganz ruhig, schien er mir von einer Zielstrebigkeit, ja Besessenheit, die mich stutzig machte. Hatte er eine Vorahnung? Es musste so sein. Ein letztes Mal, es war inzwischen Anfang November, bat er die Mannschaft um einen Aufschub. Noch einmal wurden Boote zu Wasser gelassen, wurde jeder Quadratmeter Ozean abgesucht. Und dann kam die Nacht, die ungeheuerlichste Nacht meines bisherigen Lebens: Ausgerechnet Ned Land war es, der alle, vom Kommandanten bis zum

Heizer, vom Harpunier bis zum Schiffsjungen, durch einen markerschütternden Schrei aufs Deck lockte: „Oho! Das gesuchte Objekt quer vor uns unterm Wind!"

Unfasslich: Zwei Kabellängen von der *Lincoln* entfernt schien das Meer von unten beleuchtet zu sein!

Ich war erstarrt. Wir alle waren erstarrt. Das seit Monaten gesuchte Ungeheuer lag ruhig, einige Klafter unter dem Wasserspiegel verborgen, vor uns und rührte sich nicht.

„Dieser Glanz ... diese Helle", stammelte ich, „es muss ... elektrisch sein!"

Im selben Moment gellte ein vielstimmiger Schreckensschrei über Deck.

„Es bewegt sich! Es stürzt auf uns los!", rief auch ich.

„Steuer rechts! Maschine volle Kraft rückwärts!", befahl Kapitän Farragut, während die Besatzung an ihre Plätze stürmte.

Unser Schiff setzte sich träge und stampfend in Bewegung. Aber welche Geschwindigkeit des Lichts – denn mehr war immer noch nicht zu erkennen! Es hielt direkt auf uns zu. War unglaublich schnell kurz vor uns. Umkreiste uns. Entfernte sich ein paar Meilen, kam wieder näher und trieb seinen Schabernack mit uns.

„Was ist es? Was vermuten Sie?"

Bei all dem unheimlichen Zauber sollte ich Kapitän Farragut Rede und Antwort stehen.

„Ich denke ... ich glaube ... es handelt sich um einen Riesen-Narwal, aber um einen elektrischen", versuchte ich meinem Ruf als Wissenschaftler gerecht zu werden.

„Kann er uns was anhaben, Professor?“

Welche Frage! Welche Verantwortung! Mir schossen Tausende von Daten, mathematische und physikalische Größen durch den Kopf. Ich ging im Geist meinen ganzen biologischen Wissensschatz durch – hier aber war ich überfordert! Staunend und auch furchtsam wie die anderen sah ich, wie wir und die mächtige *Abraham Lincoln* Spielball einer Erscheinung waren: Wieder hatte sich das Licht in Bewegung gesetzt – so, als hätte es den Befehl des Kapitäns vernommen: „Alle Waffen zum Einsatz bereit!“

Mit rasender Geschwindigkeit entfernte sich das Licht wieder von uns, umkreiste uns aus sicherer Entfernung ... kam dann unvermittelt erneut auf uns zu, tauchte aber ab, ehe ein Schuss fallen konnte. Tauchte dann auf der anderen Seite des Schiffes ebenso plötzlich und blendend hell wieder auf, verharrte und ließ uns in unbeschreiblicher Hilflosigkeit.

Ich fasse das grausame Spiel zusammen: Es dauerte mehrere Stunden, bis zum Morgengrauen. Irgendwann vernahmen wir ein ohrenbetäubendes Zischen, so als hätte ein Wal einen Wasserstrahl mit äußerster Kraft empor geschleudert. Einige Zeit später – wir hofften schon auf ein Ende des Spuks – hörte man trotz des Windgetöses eine Art Keuchen. Das Meer schien noch aufgewühlter als bisher. Die *Abraham Lincoln* war nur noch das hilflose Opfer einer Naturgewalt, die jeden Moment den letzten Schlag gegen uns ausführen konnte. Ja, bis zum Morgen ging dieses Spiel. Farragut wollte den Angriff erst bei hellem

Tageslicht wagen. Das Ungeheuer schien die gleiche Absicht zu hegen ...

Und dann geschah es. Nur in Fetzen kann ich mich erinnern: Der Kapitän hatte „Angriff“ befohlen. Ned Land hielt seine Waffen bereit. Eine kurze Verfolgungsjagd und das Untier war des Spielens überdrüssig! Zwei riesige Wasserwirbel, ein fürchterlicher Schlag! Eine gewaltige Woge über Deck und ich hatte allen Halt verloren! Mehr noch: Ich versank, schluckte Wasser, rang verzweifelt nach Luft. Dann wurde ich gepackt, von einem Teil meiner Kleider gewaltsam befreit und dann fühlte ich Festes unter mir. Ich griff nach etwas und erkannte, wer bei mir war: Ned Land und der gute Conseil!

Kapitän Nemo

„Dieses Tier besteht aus Stahlblech, Herr Professor", sind die ersten Worte, die ich bewusst vernehme, nachdem ich die *Abraham Lincoln* so unfreiwillig verlassen hatte. Ich weiß nicht, wie lange mein Diener, der Harpunier und ich schon an dem hingen, was ich unlängst als Narwal bezeichnet hatte. Unser Schiff sehe ich in meilenweiter Entfernung. Und ich habe noch die letzten Worte an Bord im Ohr: „Schraube und Steuer sind gebrochen!"

„Wir werden unser Schiff nie wieder betreten", erklärte Conseil, als ob er meine Gedanken lesen könnte.

„Die anderen sind verloren", fügte Ned Land hinzu und verzichtete darauf, sich über unser Schicksal auszulassen.

Tatsächlich trieb die *Abraham Lincoln* langsam, aber unaufhaltsam davon, während wir drei uns krampfhaft an etwas festhielten, das ich erst jetzt als einen Ring aus Stahl erkannte. Er war an etwas befestigt, das glatt poliert war und aus verschiedenen verbolzten Platten zu bestehen schien.

Es stand außer Frage: Wir befanden uns auf dem Rücken einer Art von unterseeischem Fahrzeug. Und dieses unheimliche Gefährt zeigte keine Öffnung und schien sich nicht zu bewegen.

Ich hatte auf meinen Expeditionen wahrhaftig schon viele extreme Situationen erlebt. Diese hier war allerdings so außerordentlich und unwirklich – da half mir auch mein sonst so scharfer Verstand nicht weiter. Keine Ahnung, wie lang wir auf diesem scheinbar leblosen Ding hingen. Unzählige Wellen gingen über uns hinweg. Meine Kehle war salzig. Die Augen brannten. Hände und Arme wurden immer kraftloser ...

Da passierte etwas, das mir das letzte Fünkchen Hoffnung nahm. Das Ding unter uns setzte sich in Bewegung. Schlimmer noch: Es sank und war im Begriff, uns in die Tiefe zu ziehen, wenn wir nicht sofort die Finger davon ließen!

„Tausend Teufel, he!“, schrie Ned Land gegen die Brandung und gegen ein anderes Geräusch direkt unter uns an. Dabei schlug er mit den Füßen auf die metallenen Platten.

Und o Wunder ... es tat seine Wirkung. Nach einigen Sekunden brach das Tosen unter uns abrupt ab. Gleichzeitig stieg das Ding wieder nach oben und wie von Geisterhand hob sich gleich neben mir eine der Platten. Ein Mann kam zum Vorschein. Er erblickte uns und stieß einen Schrei aus und ... verschwand gleich wieder. Es blieb keine Zeit zum Nachdenken, denn ein paar Augenblicke später erschienen acht kräftige Burschen mit verhüllten Gesichtern und zogen uns in die Tiefe! Die Platte über uns schloss sich wieder und es war mit einem Mal stockdunkel. Ich fühlte unter meinen Füßen so etwas wie Sprossen einer eisernen Leiter, die abwärts in ein unsichtbares Nichts führte. Hinter mir schien man auch Ned Land und Conseil gewaltsam nach unten zu schleppen.

Eine Tür wurde geöffnet. Ich wurde in einen Raum gestoßen, der schwarz wie die Nacht war. Dann hörte ich, wie eine Tür dröhnend ins Schloss fiel.

„Tausend Teufel!", erklang Ned Lands Stimme aus dem Dunkel und ein Schwall von Flüchen folgte.

„Beruhigen Sie sich, Freund Ned", kam Conseils Stimme aus der Finsternis und ich konnte mich nur über die Gelassenheit meines Dieners wundern.

Wo befanden wir uns? In wessen Hände waren wir geraten? Waren wir tatsächlich im Bauch jenes Ungeheuers, das in den Tiefen des Pazifiks sein Unwesen trieb?

Ich tastete mich durch den Raum und stieß nach wenigen Schritten auf eine Wand aus vernietetem Eisenblech. Sie schien uns rundum gefangen zu halten. Keine Öffnung irgendwo, nicht mal eine Türklinke ... nur kaltes Blech und irgendwo ein hölzerner Tisch und einige Schemel.

„Gut, dass ich mein Messer bei mir habe", knurrte Ned Land. „Der erstbeste, der mich ..."

„Bringen Sie uns nicht in Gefahr", sagte ich ins Dunkel und bekam Angst vor meiner eigenen Stimme. Ich kann nicht abschätzen, wie lang wir so ohne jede Orientierung verbrachten. Plötzlich jedenfalls änderte sich unsere Lage total: Grelles, gleißendes Licht durchflutete den Raum und ließ uns unwillkürlich die Augen schließen ... Licht, das sogar durch die Lider drang und mich sofort an das mächtige phosphoreszierende Glühen erinnerte, womit sich das ganze Unglück angekündigt hatte. Nur sehr langsam gewöhnte ich mich an die Helligkeit und erkannte ihre Quelle: Eine Halbkugel aus einer Art Milchglas hing über uns an der Decke. Zweifellos musste hier eine gigantische elektrische Kraft wirken.

Dann geschah das, was ich im Stillen erhofft hatte. Von unsichtbarer Hand öffnete sich die Tür. Zwei seltsam gekleidete Männer standen uns gegenüber. Der hintere, vermutlich ein Südländer, blickte gefährlich drein. Der vordere, offensichtlich eine bedeutsame Person an Bord, wirkte ganz anders: Mit einer Mischung aus Stolz, Würde und gezügelter Leidenschaft musterte er uns mit seinen schwarzen Augen. Noch nie hatte mich ein solcher Blick getroffen. Oft genug in meinem Leben war ich schon mit außerordentlichen und starken Persönlichkeiten zusammengekommen. Diese Erscheinung aber strahlte ohne ein gesprochenes Wort eine solche Willenskraft und Stärke aus, die ihresgleichen suchte. Und dann die nächste Verwirrung: Dieser Mensch, der bestimmt der Kommandant unseres schwimmenden Gefängnisses war, redete uns in einer Sprache an, die ich noch nie vernommen hatte. Er stellte uns Fragen – das entnahm ich dem Klang seiner Stimme. Also gab ich auf gut Glück Antworten und nannte unsere Namen und unsere Herkunft und erklärte, ich verstünde seine Sprache nicht. Ich redete in Französisch, dann in Englisch und nachdem es Conseil vergeblich in Deutsch versucht hatte, bemühte ich sogar mein Latein. Alles war vergeblich. Die zwei Fremden schienen nichts zu verstehen. Sie wechselten ein paar Worte in ihrer uns unbekannten Sprache, drehten sich um und gingen hinaus. Bevor auch nur einer von uns einen Laut herausbringen konnte, waren wir wieder allein und eingeschlossen!

Ich könnte nun viel über Ned Lands Wutanfälle erzählen, die vor allem Hungeranfälle waren. Ich könnte ein weiteres Mal Conseil loben, weil er wie immer die Ruhe bewahrte und mir auf diese Weise den Rücken stärkte. Ich müsste auch all meine Anstrengungen beschreiben, mit denen ich unsere Lage zu klären suchte: Was konnten das für Wesen sein, denen wir in die Hände gefallen waren? Was trieben sie auf diesem Weltmeer? Wem gehörte dieses unterseeische Fahrzeug, das über Kräfte und eine Bauart verfügte, die in unserer Zivilisation meines Wissens nicht bekannt waren?

Ich fasse mich hier kurz, weil alles, was in den nächsten Tagen, Wochen und Monaten geschah, das bisher Erlebte bei weitem übertraf. Ich sollte Dinge erfahren, die mich als Mensch erschütterten und als Wissenschaftler in größte Verwunderung stürzten. Ich sollte Grenzen überschreiten und in Bereiche vorstoßen, die den gelehrtesten Köpfen unbekannt waren.

Doch ich will nichts vorwegnehmen. Zunächst einmal ging es um sehr banale und zugleich wichtige Dinge. Conseil, Ned Land und ich trugen immer noch die durchnässten Klamotten, in denen wir uns auf dieses Gefährt gerettet hatten. Wir hatten unbändigen Hunger. Und die

Luft in unserer metallenen Kabine wurde Stunde für Stunde schlechter.

Es ging zwar an die Grenzen der Unerträglichkeit, aber einige Probleme lösten sich mit der Zeit. Zunächst einmal erschien eine Art Steward in unserer Zelle und brachte uns Kleidung aus einem mir unbekannten Stoff. Etwas später wurden drei Gedecke aufgelegt und ein Menü servierte, als befänden wir uns im Speisesaal des „Grand-Hotel" zu Paris. Es fehlten zwar Wein und Brot. Dafür aber gab es mehrere Fischgerichte vom Allerfeinsten, mit Beilagen serviert, wie ich sie noch nie gegessen hatte – aber durchaus bekömmlich.

Die Sache mit dem Sauerstoff wurde weniger schnell geregelt. Erst als uns schwindlig wurde und wir richtiggehend unter Atemnot litten, öffnete sich, wie von Geisterhand betätigt, über der Stelle, wo sich die Tür befand, eine Art Schacht: Belebende, jodhaltige, von Salzdünsten gewürzte Luft strömte in unsere Zelle. Zweifelsohne hatte unser Gefängnis ein ausgeklügeltes Ventilationssystem – wahrlich keine Selbstverständlichkeit, sondern eine technische Sensation. Dann aber geschah etwas, das unsere besser gesagt: meine Situation grundlegend änderte. Der temperamentvolle und ungebärdige Ned Land hatte die Idee, bei nächster Gelegenheit unser schwimmendes Gefängnis zu kapern. Zwar hatten wir nicht die geringste Ahnung, wie es um dieses unheimliche Gefährt bestellt war ... welche Größe es hatte, wie groß die Besatzung war, oder ob es sich nicht um eine Art Kriegsschiff handelte, worauf zumindest die Angriffe auf andere Schiffe hindeuteten.

All dies interessierte Ned Land nicht im Geringsten. Man hatte ihn der Freiheit beraubt. Und die wollte er sich bei nächster Gelegenheit zurückholen. Zwar versuchten Conseil und ich, den Harpunier umzustimmen, aber dieser kanadische Kraftprotz ließ sich nicht bremsen. Als wir das nächste Mal mit Essen versorgt werden sollten, fiel er kurzerhand über den Steward her. Er zwang ihn zu Boden, würgte ihn und hätte ihn wohl mit bloßen Händen umgebracht, wenn nicht plötzlich der Kommandant höchstpersönlich erschienen wäre.

„Beruhigen Sie sich, Monsieur Land!", sagte er zu unserer Überraschung in Französisch. Dabei ging von dem Mann eine Autorität und Ausstrahlung aus, die keinen Widerspruch duldete. Entsprechend ergeben lauschten wir auch dem, was uns der Kommandant nun mitteilte: „Meine Herren, ich möchte Ihnen in aller Deutlichkeit sagen, dass Sie Gefangene auf meinem Schiff sind. Höchst missliche Umstände haben Sie in die Nähe eines Mannes gebracht, der mit der Menschheit gebrochen hat. Sie und Ihre Kollegen auf der *Abraham Lincoln* haben es gewagt, mich zu verfolgen und anzugreifen. Deshalb werde ich Sie hinfort als meine Feinde behandeln. Alles Weitere werde ich Ihnen, Herr Professor Aronnax, bei einem Diner in meinen privaten Gemächern mitteilen."

Wenige Minuten später und ich saß diesem unheimlichen, rätselhaften Menschen gegenüber!

Was mir in den nächsten Stunden, zuerst in einem edlen Speisesaal und anschließend in einer Bibliothek von unbeschreiblichem Umfang und Wert zu Gehör gebracht wurde, war nahezu unfasslich! Man bedenke: Ich befand mich an Bord eines Unterseebootes, einer Art von Fahrzeug, dessen Existenz als solche schon ans Wunderbare grenzte. Nun aber bekam ich Dinge, ja Reichtümer und Schätze zu sehen, die kein Mensch je auf See und schon gar nicht unter Wasser vermuten würde.

„Herr Aronnax, ich kenne Sie“, hatte mich der Kommandant beim Essen verblüfft. „Ihr Werk über die Tiefen des Meeres zählt zu meiner Lieblingslektüre. Nun, durch einen glücklichen oder unglücklichen Zufall – je nachdem, von welcher Seite man es betrachten will – werden Sie Gelegenheit haben, Ihr Wissen zu erweitern. Ich will nochmals mit meinem Schiff *Nautilus* eine unterseeische Reise um die Welt machen, um meine Studien fortzusetzen. Sie werden dabei mein Studienkollege sein und zu Gesicht bekommen, was noch kein Mensch je zuvor sehen durfte. Unser Planet wird Ihnen dank meiner Hilfe seine letzten Geheimnisse enthüllen.“

Dieses und alles Weitere, was mir der Kommandant in den nächsten Stunden mitteilte, machte mich fast sprachlos. Immer wieder musste ich diesen Mann betrachten, der wie ein Magier auf mich wirkte – düster, schwarz und dann auch für kurze Momente anziehend und sympathisch.

„Mit welchem Namen darf ich Sie eigentlich ansprechen?“, fragte ich irgendwann den Kommandanten.

„Für Sie bin ich Kapitän Nemo", erwiderte er mir.

„Sie lieben das Meer, Kapitän Nemo?"

Mein Gegenüber bekam glänzende Augen. „Ja, ich liebe es", bekam ich zur Antwort. „Das Meer ist mein Ein und Alles. Es bietet mir alles, was ich benötige. Mein Koch bereitet mir und meiner Mannschaft die auserlesensten Köstlichkeiten aus dem, was uns das wässrige Naturreich, das sieben Zehntel der Erde bedeckt, darreicht. Ob Meeresschildkröten-Filet, Delphinleber-Ragout, Seegurken-Gemüse, Walbrust-Milch, Anemonen-Konfekt oder die anderen Abertausenden Fischspeisen ... wo kann uns Kulinarischeres geboten werden als hier in den fruchtbaren Urtiefen unserer Erde? Aber auch alle anderen Dinge, die wir für unser Leben hier unter Wasser benötigen, entnehmen wir dem Meer. Die Stoffe, die Sie tragen, sind aus den Seidenfäden von Muscheln gewebt und mit antikem Purpur gefärbt. Das Parfum in Ihrer Toilette ist aus Seepflanzen destilliert. Ihr Bett ist aus dem weichsten Seegras des Ozeans gemacht, Ihre Schreibfeder aus dem Bart eines Wals und die Tinte aus dem Sekret eines Tintenfisches oder eines Kalmars."

Voller Neugierde und Spannung lauschte ich den Ausführungen von Kapitän Nemo und nur sehr selten stellte ich Zwischenfragen. Offenbar war dieser geheimnisvolle Mensch dankbar, einen gebildeten Gesprächspartner gefunden zu haben. Eine gewisse Achtung mir gegenüber mochte sich auch darin ausdrücken, dass er mir eine seiner

Zigarren anbot, die zweifellos zum Feinsten gehörten, was ich je geraucht hatte:

„Dieser Tabak stammt weder aus Havanna noch aus dem Orient", erklärte er mir. „Es handelt sich um eine nikotinreiche Sorte von Algen, die ich auf meinen Reisen entdeckt habe."

Und während wir im Angesicht der unermesslich wertvollen Büchersammlung den Rauch in die Luft pafften, fuhr Kapitän Nemo fort über das Meer zu philosophieren: „Das Meer ist eine gewaltige Brutstätte der Natur. Durch das Meer begann die Erde zu leben und wer weiß, ob sie nicht auch durch das Meer enden wird. Hier herrscht äußerste Ruhe. Man ist außerhalb der Macht von Tyrannen. An der Oberfläche können sie noch Schrecken verbreiten, sich bekämpfen und vernichten. Aber dreißig Fuß tiefer endet ihre Willkür. Hier gilt ihr Wort nichts, ihre Macht ist nichtig. Hier beugt mich kein Regiment! Hier bin ich frei!"

Plötzlich hielt Kapitän Nemo inne. Sein Gesicht wirkte gequält. Und es schien so, als bereue er seine letzten Worte. „Folgen Sie mir, Aronnax!", sagte er in barschem Ton.

Was mich als nächstes erwartete, ließ mich noch mehr erstaunen als bisher. Mit nachdenklichem Gesicht führte mich Kapitän Nemo in einen Raum, der wie die anderen durch riesige Deckenleuchten in unnatürliches Licht getaucht war. Aber welche Fülle, welche Wunder boten sich mir dar!

„Mein Museum", erklärte mir der Kapitän.

Staunend betrachtete ich die Schätze. Ehrlich gesagt: Ich war fassungslos. Schon viele Museen an den verschiedensten Orten der Welt hatte ich besichtigt. Aber solch unschätzbare Werte, auf so engem Raum zusammengetragen, hatte ich noch nie gesehen!

Da hingen mindestens dreißig Meisterwerke von berühmten Malern. Da standen Nachbildungen von antiken Statuen in Bronze und Marmor und echte Ritterrüstungen. Gleich daneben lagen Raritäten aus dem Reich der Natur: Muscheln, Schnecken, Perlen, Korallen, Schwämme und Gebilde, die mir, der ich doch studierter Fachmann für diese Dinge bin, noch nie begegnet waren. Kapitän Nemo musste unendlich viel Zeit und noch mehr Geld aufgewendet haben, um diese Sammlung zusammenzutragen. Und während ich sinnierte, welche Geldquelle dem Mann zur Verfügung stehen mochte, überraschte mich der Kapitän mit der Mitteilung: „Die Muscheln und Schnecken, die Sie hier bewundern, Herr Professor, habe ich alle eigenhändig gesammelt. Kein Weltmeer habe ich bei meiner Suche ausgelassen.“

Ich machte kein Hehl aus meiner Verwunderung. Und ich konnte es auch nicht lassen, den Kapitän auf die seltsamen Instrumentarien anzusprechen, die ich an einigen Stellen angebracht sah: „Verzeihen Sie meine Neugierde, Kapitän Nemo. Aber ich würde gerne noch etwas über die Technik Ihres Schiffes erfahren ...“

„Herr Aronnax“, antwortete der Kommandant, „ich habe Ihnen gesagt, dass Sie an Bord fast frei sind. Ich werde Ihnen, soweit ich das für sinnvoll halte, alle Ihre Fragen beantworten. Es steht Ihnen auch meine zwölftausendbändige Bibliothek zur Verfügung. Sie ist übrigens die letzte Verbindung, die mich noch mit der Erde verknüpft. Ansonsten existiert die Welt da oben für mich nicht mehr, seit ich mit der *Nautilus* zum ersten Mal untergetaucht bin. Damals habe ich meine letzten Bücher, Broschüren und Zeitungen gekauft. Seitdem lebe ich ohne Information über das, was auf festem Erdboden geschieht."

Was sollte ich dazu sagen? Dieser Kapitän Nemo verblüffte und verwirrte mich eigentlich mit jedem Satz, den er von sich gab. Meine Neugierde wurde immer größer. Ich war entschlossen, hinter das Geheimnis dieses Menschen und seines merkwürdigen Schiffes zu kommen.

„Sie haben nach der Technik der *Nautilus* gefragt", holte mich Kapitän Nemo aus meinen Gedanken. „Folgen Sie mir bitte in die anderen Räume!"

Welche Verblüffung, welches Staunen ... Kurz darauf befand ich mich in den Tiefen der *Nautilus*, dort, wo sich die Apparaturen, die riesigen Maschinen und Turbinen befanden, die dem Schiff seine außerordentliche Schnelligkeit und Manövrierfähigkeit gaben. Voller Stolz erklärte mir der Kommandant die technischen Besonderheiten:

„Alles, was Sie hier sehen, hängt letztlich mit der Elektrizität zusammen. Sie ist die eigentliche Energie, die mir alle Manöver erlaubt. Wir stellen sie selber her."

Ich sah den Kommandanten ungläubig an. In technischen Dingen war ich zwar kein Fachmann. Aber ich wusste, was der Mensch bisher an Höchstleistungen vollbracht hatte und wo die Grenzen der Technik lagen. Umso verwirrter war ich, als mich Kapitän Nemo jetzt in die Geheimnisse seiner *Nautilus* einweihte:

„Lieber Professor Aronnax, meine Elektrizität ist nicht die, wie sie sich die Welt vorstellt. Ich hole mir die Mittel, die ich zur Erzeugung der Elektrizität benötige, aus dem Meer."

„Aus dem Meer?"

„Ich entziehe dem Meerwasser das Natrium und bereite daraus die Elemente, die ich brauche. Zur Erzeugung der Hitze für die Umwandlungsprozesse verwende ich Steinkohle oder, besser gesagt, Meereskohle."

„Sie können Kohlenminen auf dem Meeresgrund ausbeuten?"

„Allerdings", erwiderte der Kapitän. „Sie werden mir gerne irgendwann dabei zuschauen können. Zeit dazu haben Sie ja in Zukunft unbegrenzt. Vergessen Sie nie: Dem Meer verdanke ich alles. Es sorgt für unsere Ernährung. Es sorgt für unsere Elektrizität. Und diese verhilft der *Nautilus* zu Wärme, Licht, Bewegung, kurz: zu ihrem Leben."

„Aber nicht zu der Luft, die wir einatmen", wagte ich einzuwerfen.

„Richtig", entgegnete der Kommandant. „Dazu begeben wir uns dann und wann an die Oberfläche. Aber immerhin dient mir die Elektrizität dann dazu, die starken Pumpen anzutreiben, mit deren Hilfe wir die Luft in besondere Behälter pressen. Auf diese Weise können wir uns fast nach Belieben unter Wasser aufhalten."

Es würde zu weit führen, all die vielen Einzelheiten aufzuzählen, die die *Nautilus* zu einem Wunderwerk der Technik machten. Allein die Höchstgeschwindigkeit des Bootes, nämlich sage und schreibe fünfzig Meilen in der Stunde, war so fantastisch, dass ich sie nie und nimmer glauben würde, wenn ich nicht Augenzeuge der *Nautilus*-Manöver gewesen wäre. Im Übrigen schien Kapitän Nemo mich in alle Geheimnisse einweihen zu wollen. Ich durfte sogar sein persönliches Gemach betreten. Es war ein Zimmer, das einen fast mönchischen Eindruck machte: ein eisernes Lager, ein Arbeitstisch, ein paar einfache Einrichtungen für die Toilette und die persönlichen Dinge ... Dagegen war der Raum, den ich jetzt zugewiesen bekam, mehr als eine Luxuskabine. Er hatte ein bequemes Bett, Toilettentisch und verschiedene andere Möbel von exquisiter Machart.

Zum Abschluss des Rundgangs wurden mir auch noch die Geräte präsentiert, die zur Navigation der *Nautilus* dienten: Thermometer, Barometer, Hygrometer, Kompass, Sextant, Chronometer und Manometer ... alles von modernster Machart.

Erste Abenteuer unter Wasser

Ich nehme es gleich vorweg: Die Überraschungen und sensationellen Erlebnisse sollten von nun an kein Ende nehmen. Und bevor Kapitän Nemo mich einlud, ihm auf die Plattform der *Nautilus* zu folgen, um dort unsere Position zu messen, erläuterte er mir den Bau seines Wunderbootes:

„Siebzig Meter ist mein Boot lang und an der breitesten Stelle misst es acht Meter. Es besteht aus einem inneren und einem äußeren Rumpf, die durch eiserne Kammern in Form eines ‚T' miteinander verbunden sind. Durch den Bau in Zellen und die nahtlose Zusammenfügung des Materials hat das Boot eine enorme Festigkeit. Beim Tauchmanöver können wir in die riesigen Behälter so viel Wasser pumpen, dass wir problemlos fast jede Tiefe erreichen und zugleich genügend Gegendruck haben, um dem extremen Außendruck entgegenzuwirken. Wollen wir wieder an Höhe gewinnen, setzen wir unsere Elektrizität ein und jagen das Wasser in Form einer riesigen Fontäne aus dem Inneren. Um das Boot nach steuerbord oder backbord zu wenden, benutze ich ein gewöhnliches Steuerruder. Die extreme Manövrierfähigkeit allerdings erreichen wir durch zwei schräg gestellte Flügel, die mittschiffs an der Außenwand angebracht sind. Sie sind mobil, können jeden Neigungswinkel annehmen und ermöglichen der *Nautilus*, auch vertikal je nach Bedarf zu tauchen oder zu steigen. Will ich besonders schnell Höhe gewinnen, schalte ich die Schraube aus und die *Nautilus* schießt senkrecht nach oben.“

Hier unterbrach ich die Ausführungen des Kommandanten: „Kapitän, wollen Sie mir vielleicht auch verraten, wer das Schiff gebaut hat?“

Der Kapitän zögerte, dann blickte er mich unverwandt an: „Da Sie keine Gelegenheit haben werden, meine Geheimnisse zu verraten, beantworte ich Ihnen auch diese Frage: Ich bin Ingenieur. Von mir stammen alle Baupläne und ich selbst habe mit einigen Gefährten das Boot auf einer einsamen Insel im Indischen Ozean gebaut. Die Einzelteile wurden aus den besten Fabriken in den verschiedensten Teilen der Welt geliefert. Doch Spuren meines Tuns werden Sie nirgendwo finden, das kann ich Ihnen versichern!“

Ich zog es vor, an dieser Stelle zu schweigen. Mit größtem Interesse ließ ich mir auf einer Karte die momentane Route der *Nautilus* zeigen. Und gleich darauf folgte ich dem Kapitän auf die Außenplattform, wo er mit Hilfe eines hypermodernen Sextanten unsere exakte Position berechnen wollte.

Wie schon erwähnt: Die wundersamen Erlebnisse überschlugen sich. Ich war außerstande, all das zu verarbeiten, was sich jetzt in wenigen Tagen, ja Stunden ereignete. Gerade noch hatte ich mir die grandiose Außenkonstruktion der *Nautilus* zeigen lassen. Das mit dicken Kristallglasfenstern versehene, runde Gehäuse für den Steuermann und für die ungeheuer starken Unterwasserscheinwerfer. Das zweite abgeschottete Gehäuse, in dem ein Beiboot verborgen war, welches von innen erreicht beziehungsweise bestiegen wurde und, nachdem die Einstiegsluke hermetisch geschlossen war, problemlos von der *Nautilus* freigegeben werden konnte. Und damit nicht genug: Kapitän Nemo erzählte mir auch noch ganz nebenbei, dass es eine elektrische Drahtverbindung zwischen Beiboot und Unterwasserboot gab, mit deren Hilfe Nachrichten und Befehle ausgetauscht werden konnten.

Das war alles so sensationell, dass ich größtes Interesse hatte, meine beiden Freunde von der *Abraham Lincoln* so schnell wie möglich allein zu sprechen. Kapitän Nemo schien meine Gedanken lesen zu können. Ohne die geringste Auflage bot er mir an, ein anderes Wunder seines Schiffes zu besichtigen:

„Wenn Sie Lust haben, verehrter Herr Professor, können Sie sich mit Ihren Kollegen in den Salon zurückziehen. Von dort aus haben Sie einen herrlichen Ausblick auf das, was unser Leben unter Wasser so interessant und abwechslungsreich macht."

Ich zog es vor, mich auch zu dieser Bemerkung nicht zu äußern. Ich hatte schon genug zu tun, kaum waren wir allein, Conseil und Ned Land zu erklären, wie es um unsere Lage bestellt war und wie wenig Aussicht vorläufig auf eine Änderung bestand.

„Haben Sie denn da draußen wenigstens unser Schiff orten können?“, fragte mich der Harpunier. Er war gereizt und machte mir den Eindruck, als stünde er unter Strom.

„Nein, Mister Land, ich bedaure“, erwiderte ich. „Wir können froh sein, wenn wir überhaupt noch mal etwas anderes zu sehen bekommen als das, was hier direkt vor unseren Augen herum schwimmt.“

Der Kanadier knurrte etwas Unverständliches in seinen Bart. Conseil hingegen war in seinem Element. Begeistert beobachtete er Fische, die er nur aus meinen Büchern kannte. Und fachkundig erläuterte er uns, wie und wo sie biologisch einzuordnen seien.

Ich weiß nicht mehr, wie lange wir dieses unbeschreibliche Unterwasserschauspiel genossen. Ich erinnere mich nur, wie Ned Land immer gelassener wurde. Wie er als Fischer aus Leidenschaft immer mehr gefangen war von den prächtigen Exemplaren, von denen er einige nur zu gerne gejagt hätte, um sie uns als auserlesene Köstlichkeit bei der nächsten Mahlzeit servieren zu lassen.

Dazu kam es selbstverständlich nicht. Irgendwann war das Schauspiel abrupt zu Ende. Vor dem Fenster in die Unterwasserwelt senkten sich von Geisterhand bediente Rollläden. Gleichzeitig erloschen die Scheinwerfer, die uns das Spektakel sichtbar gemacht hatten. Die Deckenlampen tauchten den Salon wieder in das übliche Licht. Und ohne dass uns jemand aufforderte, gingen wir wie benommen in die uns zugewiesenen Räume.

Ich benötigte einige Zeit, um dieses Erlebnis zu verkraften. Ich war froh, allein in meiner Kabine – besser gesagt in meinem Zimmer – zu sein. Und ich beschloss, das Papier aus Seegras zu benutzen, welches ich auf meinem Tisch vorfand: Ich begann, ein Tagebuch zu führen.

Inzwischen schrieben wir den 11. November und indem ich meine ersten Notizen machte, kam mir der Gedanke, ob jemals andere Menschen als die, die in diesem Unterwasserboot weilten, meine Aufzeichnungen lesen würden.

Zu meiner Verwunderung hatte ich jetzt mehr Zeit zum Schreiben, als mir lieb war. Dass außer dem Steward, der uns mit Essen versorgte, der Rest der Mannschaft unsichtbar blieb – daran hatte ich mich schon gewöhnt. Warum aber Kapitän Nemo plötzlich verschwunden blieb, war mir ein Rätsel. Ich hatte von ihm die Erlaubnis bekommen, den Salon und die Bibliothek jederzeit zu betreten. Aber sooft ich mich auch dort aufhielt, der Kommandant ließ sich nicht blicken. Und der Ausguck im Salon, der uns kurzzeitig sogar ein Gefühl von Freiheit gegeben hatte, blieb fortan ebenfalls geschlossen.

Was sollte ich unternehmen? Ich war froh, dass Ned Land keine neuen Anfälle bekam und seinen Kaperungsplan vorerst aufgegeben hatte. Er schlief ganz ungewöhnlich oft und lang und fast machte er den Eindruck, als hätte man ihn betäubt.

Um Conseil machte ich mir weniger Gedanken. Er war ein sehr ruhiger und fügsamer Zeitgenosse. Und solange ich keine Anzeichen von Unruhe zeigte, fügte auch er sich geduldig in jede Lebenslage. Er ist einfach der treueste Mensch, den man sich vorstellen kann.

Es verflossen fünf Tage, ohne dass etwas Besonderes passierte. Dann aber, am 16. November – ich hatte mein Zimmer für kurze Zeit verlassen, um nach Ned Land und Conseil zu schauen – fand ich bei meiner Rückkehr einen an mich adressierten Brief vor. Aufgeregt riss ich ihn auf und las Überraschendes:

„Kapitän Nemo lädt Herrn Professor Aronnax zu einer Jagdpartie in die Wälder der Insel Crespo ein. Es wird ihm ein Vergnügen sein, wenn auch seine Begleiter daran teilnehmen.

Der Kommandant der Nautilus
Kapitän Nemo"

Eine Jagdpartie? Auf der Insel Crespo?

„Da will dieser Sonderling also doch wieder an Land gehen?", wunderte sich Ned Land, als ich ihm von der Einladung berichtete.

„Wir werden sehen", sagte ich und berechnete mit Hilfe der Bordinstrumente zunächst den momentanen Aufenthaltsort der *Nautilus*. Dann machte ich mich über die Karte her und entdeckte unter 32 Grad 40 Minuten nördlicher Breite und 167 Grad 50 Minuten westlicher Länge ein Inselchen mit der Bezeichnung „Rocca de la Plata" – kaum ein Platz, auf dem Wälder zu finden waren ...

Am nächsten Tag waren wir schlauer:

„Lassen Sie sich für unseren Ausflug einkleiden!", begrüßte uns Kapitän Nemo. Und zwei Stunden später wanderten wir, wie versprochen, durch einen Wald: unter Wasser, über feinsten Sand und inmitten einer Landschaft, die man sich schöner nicht vorstellen kann.

Ich sollte nicht unterschlagen, wie der Kommandant, Ned Land, Conseil und ich in diese Wunderwelt eintauchen konnten:

Zunächst einmal hatte ich Kapitän Nemo insgeheim für verrückt erklärt. Ich wusste sehr wohl über die technischen Möglichkeiten, wie man sich mit Hilfe einer Taucherausrüstung von Land oder von einem Schiff für kurze Aufenthalte unter Wasser entfernen konnte. Als der Kapitän aber von einem ausgedehnten Spaziergang „in unterirdischen Wäldern" sprach und ich bei der Einkleidung keinen einzigen Schlauch sah, der uns von Bord aus mit Sauerstoff hätte versorgen können – da wurde ich stutzig:

„Können Sie mir bitte erklären, Kapitän Nemo, wie wir ohne Verbindung zum Unterseeboot auch nur eine Minute am Leben bleiben können?"

„Sehr einfach", wurde ich belehrt. „Sie benutzen den Ronquayrol-Denayronze-Apparat. Ich habe ihn noch etwas verbessert. Und mit seiner Hilfe können Sie problemlos in fast jede Tiefe tauchen. Bei dem Apparat handelt es sich um einen Behälter aus starkem Eisenblech, in dem unter einem Druck von fünfzig Atmosphären Luft gespeichert wird. Dieser Behälter wird mit Tragriemen auf den Rücken geschnallt. Über zwei Schläuche ist er mit der kupfernen Hohlkugel verbunden, die Sie über den Kopf stülpen. Der eine Schlauch dient zum Einatmen, das heißt, er versorgt Sie mit Sauerstoff. Mit dem anderen geben Sie die verbrauchte Luft in eine zweite Kammer in den Kanister zurück. Auf diese Weise können Sie zehn Stunden unter Wasser bleiben."

„Schön und gut", erlaubte ich mir zu bemerken, „aber wie sollen wir am dunklen Meeresgrund etwas erkennen?"

„Mit dem Rühmkorffschen Apparat, Herr Aronnax", erklärte Nemo. „Man befestigt ihn am Gürtel. Und dank einer ausgeklügelten Technik bringt er Gas zum Leuchten. So steht einem während eines Meeresspaziergangs fortlaufend ein weißliches Licht zur Verfügung. Es erhellt uns all das, was kein menschliches Wesen je zu Gesicht bekam."

Ich war beeindruckt. Aber ich kam nicht umhin, auf die Gefahren einer solchen Unternehmung zu sprechen zu kommen: „Und was machen wir, wenn uns Feinde begegnen? Könnte es nicht sein, dass in solchen unerforschten Tiefen Kreaturen hausen, für die wir eine kleine leckere Mahlzeit darstellen?"

„Ich kann Ihnen versprechen, Herr Aronnax: Sie werden solche Begegnungen der unheimlichen und gefährlichen Art haben. Aber Sie werden auch angemessen geschützt sein. Unsere Gewehre sind mit absolut tödlicher Munition geladen. Per Luftdruck verschießen sie kleine Glaskapseln. Sie sind nach dem Prinzip der sogenannten Leydener Flaschen konstruiert, das heißt: Ein Treffer und jeder Feind sinkt durch die elektrische Entladung beim Aufprall der Kugel tödlich getroffen danieder."

Diese und noch einige andere fachkundige Ausführungen hatten nicht nur mich, sondern auch meine beiden Begleiter von der *Abraham Lincoln* beruhigt. Wir waren bereit, uns jeder auch noch so bedrohlichen Herausforderung zu stellen.

Als Kapitän Nemo und einer der Schiffsbesatzung, den wir bisher noch nie gesehen hatten, mit uns die ersten Schritte auf dem Meeresgrund taten, waren wir von ergreifender Schönheit umgeben. Prächtige Felsen waren mit Teppichen von Zoophyten und Korallen überwachsen. Um uns herum wimmelte es von Polypen, Mollusken, Anemonen, Seesternen, Quallen, Medusen ... Schnecken und Muscheln von ausgefallenster Form lagen zu unseren Füßen. Und obwohl über uns eine lockere Decke aus Tang und Algen schwamm, war diese Zauberwelt von durch das Wasser gebrochenen Sonnenstrahlen beleuchtet und in vielfarbiges Licht getaucht.

Dies jedoch sollte sich schon bald ändern. Kapitän Nemo und sein Begleiter ließen uns nicht lange vor den Schönheiten verharren. Sie führten uns so zügig, wie es das Wasser zuließ, voran. Und ich denke, nach etwa eineinhalb Stunden anstrengendem Marsch hatten wir über abfallendes Gelände eine Tiefe von etwa dreihundert Fuß erreicht. Schon geraume Zeit war mir aufgefallen, wie es zusehends dunkler um uns herum wurde: Bis hier unten hin konnten die Sonnenstrahlen nicht dringen. Es wurde bald nötig, die Lampen von Kapitän Nemo anzuschalten.

Doch dann der Schreck! Ich war schon einigermaßen erschöpft von dem langen Ausflug – da hockte *sie*, nur wenige Meter von mir entfernt! Beäugte mich mit schielenden Augen! War jederzeit bereit, ihren todbringenden Biss an mir zu versuchen ... die Meeresspinne!

Obgleich ich mich in meiner Taucherausrüstung ziemlich sicher fühlte, konnte ich mich eines Grauens nicht erwehren. Auch nicht, als der Matrose der *Nautilus* auf Wink von Kapitän Nemo dem Riesentier kurzerhand den Garaus machte.

Wie eine Expedition kam mir dieser Spaziergang vor. Wir sahen Zoophyten, Gliedertiere, Mollusken und Fische, die ich noch in keinem Fachbuch der Welt entdeckt hatte ... Unterwasserlandschaften mit Höhlen und Grotten, die alles bisher Vorstellbare bei weitem übertrafen ...

Aber dann kam der Zeitpunkt, an dem ich meine Kräfte schwinden fühlte. Wir mussten schon mindestens acht Stunden unterwegs sein und mit Schrecken dachte ich an den zur Neige gehenden Sauerstoffvorrat. Schon geraume Zeit war mir etwas schwindelig. Wer weiß, auf welche Abwege uns Kapitän Nemo führte ... Wer vor allem gab mir die Sicherheit, dass Conseil, Ned Land und ich die gleiche Menge Sauerstoff bei uns trugen wie der Kommandant und sein Matrose?

Mein Misstrauen war überflüssig. Wir waren längst auf dem Rückweg. Ich hatte es nur nicht gemerkt, weil es oben über dem Wasser schon dämmrig wurde.

Plötzlich – ich bewegte mich fast nur noch willenlos und wie in Trance vorwärts – traf uns ein phosphoreszierendes Strahlen: Die *Nautilus* empfing uns mit ihrem elektrischen Licht.

Wir mussten nur noch in die Ein- und Ausstiegszelle. Die äußere Tür schloss sich scheinbar selbsttätig. Man hörte und sah, wie das Wasser abgepumpt wurde. Die innere Tür öffnete sich und wir waren wieder an Bord.

*

Ich muss nicht erwähnen, dass ich einige Zeit brauchte, um dieses außerordentliche Erlebnis zu verarbeiten. Ich fühlte mich erschöpft und bereichert zugleich. Und es hatte mein Empfinden verstärkt, nicht mehr in der Wirklichkeit, sondern in einer Traumwelt zu leben.

Wie anders sollte ich auch mit dieser Art Leben klarkommen? Im Grunde war ich ein Gefangener, ein Gefangener auf Lebenszeit. Das meiste von dem, was mich umgab, war wie aus einer anderen, künstlichen Welt. Der Mann, der meine Gefährten und mich gerettet und zugleich gefangen hatte, war zeitweise ein Mensch, den ich auch als spinösen Kollegen an der Universität hätte treffen können. Dann jedoch zeigte er ein Verhalten und tat Aussprüche, die ihn zu einem ungemein düsteren und bedrohlichen Wesen werden ließen. Was trieb Kapitän Nemo zu diesem Leben? Welche waren seine eigentlichen Ziele? Wo stammte er her?

Immerhin lüfteten sich in den nächsten Wochen ein paar Geheimnisse fast wie von selbst. So bekam ich endlich einen größeren Teil der Besatzung zu Gesicht:

Es war der 18. November und Kapitän Nemo hatte mich eingeladen, mit ihm auf die Plattform der *Nautilus* zu steigen, um den weiten Blick über den Ozean zu genießen. Das Unterseeboot hatte schon seit geraumer Zeit fast reglos an der Wasseroberfläche gelegen. Und erst jetzt erkannte ich den Zweck dieses Manövers: Riesige Netze waren ausgeworfen. Es war wohl mal wieder an der Zeit, unsere Essensvorräte zu ergänzen.

Während ich so in Gedanken versunken war und Kapitän Nemo mit Hilfe seines Geräts offenbar astronomische Berechnungen anstellte, bevölkerte sich die Plattform der *Nautilus* schlagartig: Bestimmt zwanzig Männer tauchten aus dem Bauch meines Gefängnisses auf! Keiner beachtete mich. Jeder verrichtete mit geübtem Griff seine Arbeit. Im Nu hatten die Männer die Netze eingeholt und sich über den Fang hergemacht, der üppiger nicht sein konnte.

Mich aber interessierten weniger die Fische. Ich beobachtete vielmehr die, die freiwillig oder unfreiwillig den Dienst für Kapitän Nemo taten: Augenfällig gehörten sie verschiedenen Nationen an. Dem Typus nach waren Iren,

Franzosen, Slawen und Griechen darunter – jedenfalls sahen sie alle europäisch aus. Was mich allerdings verwunderte: Sie redeten allesamt eine Sprache, der sich ganz zu Anfang auch Kapitän Nemo bedient hatte, eine Sprache, die mir nie zuvor begegnet war.

Mir war instinktiv klar, dass ich dieses Geheimnis vorerst nicht lüften konnte. Ich musste mich in mein Schicksal ergeben und darauf warten, bis mir vielleicht ein Zufall half, das Rätsel um die *Nautilus* und ihre Besatzung zu lösen.

Zunächst standen andere Dinge an. Um die viele Zeit zu nutzen, nahm ich Kapitän Nemos Angebot an und bediente mich seiner grandiosen Bibliothek. Ansonsten ergriff ich jede Gelegenheit, um Unterwasserstudien zu betreiben. Wie durch ein Wunder war ich unfreiwillig Mitglied einer Expedition geworden, die abenteuerlicher und erlebnisreicher nicht sein konnte.

Ich kann hier unmöglich alle die Attraktionen und Schönheiten aufzählen, die uns der Ozean in diesen Wochen und Monaten offenbarte. Da sich die *Nautilus* zeitweise mit unglaublicher Geschwindigkeit fortbewegte, wechselten ständig die Kulissen. Man stelle sich vor: Am 26. November überquerten wir den Wendekreis des Krebses. Und schon am 1. Dezember schnitten wir bei südöstlichem Kurs den Äquator. Sooft ich konnte, saß ich vor den geöffneten Läden im Salon und ließ – je nach Strömung, Tauchtiefe und Entfernung vom Festland – ganze Schwärme der ausgefallensten und vielfarbensten Fische an mir vorüberziehen, sah ganze Heere von Kalmaren, Mollusken, Nacktaalen, Koryphäen- und Degenfischen. Aber auch die großen Räuber der Meere, Haie der verschiedensten Art, schwammen an mir vorüber. Dann aber – die *Nautilus* war ausnahmsweise fast ohne Bewegung – riss mich Conseil aus meiner Konzentration. Während ich in ein Buch vertieft war, hockte er vor dem Fenster und zeigte aufgeregt nach draußen:

„Mein Herr! Sehen Sie, was ist das?"

Ich eilte zu ihm und starrte hinaus: Angestrahlt vom elektrischen Licht der *Nautilus* hing eine große schwärzliche Masse mitten im Wasser! Aufmerksam betrachtete ich sie und versuchte Klarheit über die Natur dieses gigantischen Tieres zu gewinnen. Erst reichlich spät erkannte ich Einzelheiten:

„Ein Schiff!", rief ich verblüfft, denn wir befanden uns momentan immerhin fast tausend Meter unter dem Meeresspiegel.

Gleich darauf war die *Nautilus* noch näher an dem leblosen Körper und begann ihn zu umkreisen. Ich sah gekappte Wanten, die noch in ihren Püttingen hingen. Von den Masten waren nur noch drei Stümpfe vorhanden. Fast unversehrtes Segeltuch hing an mehreren Stellen verfangen in den Aufbauten: Dieses Schiff musste vor kurzem erst gesunken sein – ein grausamer Gedanke.

Wieder an Land

Die Zeit verrann wie im Fluge. Die *Nautilus* hatte längst wieder mächtig Fahrt aufgenommen. Wir näherten uns nicht nur einem neuen Jahr, sondern auch einem der gefährlichsten Korallenmeere der Erde. Seit wir an Bord waren, hatte die *Nautilus* sage und schreibe 11.340 Meilen zurückgelegt.

Nun waren wir unmittelbar vor der Nordostküste Australiens. Natürlich kam ich nicht umhin, an die vielen großen Entdecker zu denken, die sich bis in diese Regionen gewagt hatten ... und nahezu alle gescheitert waren.

Für einen Kommandanten wie Kapitän Nemo schien dies bedeutungslos zu sein. Zwei Tage nachdem wir das Korallenmeer durchquert hatten, genau am 4. Januar, teilte er mir seine neuesten Pläne mit: „Wir werden durch die Torres-Straße in den Indischen Ozean fahren!“

Welch verrückte Idee! Die Torres-Straße, die Neuholland von der großen Insel Papuasien, auch Neuguinea genannt, trennt, gilt nicht nur wegen ihrer schroffen Klippen für gefährlich, sondern vor allem auch wegen der Wilden, die entlang der Ufer hausen. Sie ist ungefähr vierunddreißig Meilen breit, aber mit einer Unzahl von Inseln, Eilanden, Klippen und Felsen versperrt, sodass eine Durchquerung nahezu unmöglich ist. Verständlich also, dass auch Kapitän

Nemo alle Vorsichtsmaßnahmen traf. Zu unserer Verwunderung hatte er jetzt selber das Steuer übernommen: Nur langsam, an der Oberfläche schwimmend, stieß die *Nautilus* in die gefährliche Region vor.

„Das ist ein übles Meer!“, bemerkte Ned Land, den sonst eigentlich nichts schrecken konnte.

Er und der stille Conseil standen mit mir auf der Plattform der *Nautilus*. Wir hielten uns an dem relingartigen Geländer fest und starrten wie gebannt abwechselnd ins Wasser und auf das nahe Festland. Wie lange hatten wir keinen festen, trockenen Boden unter den Füßen gehabt! Wie gerne hätte wir Kapitän Nemo überredet, von seinem Schwur Abstand zu nehmen: „Nie werde ich den irdischen Boden der Grausamkeit und des Zerstörens betreten!“

Die Gelegenheit sollte schneller kommen als erwartet: Die *Nautilus* hielt gerade auf eine Enge zu, die nicht zu Unrecht „Teufelskanal“ genannt wurde. Es war drei Uhr nachmittags. Die Flut stand vor ihrem Höhepunkt. Vor uns lag die Insel Gueboroar, kaum zwei Meilen entfernt ... Da plötzlich warf mich ein Stoß zu Boden! Die *Nautilus* war gegen eine Klippe gestoßen! Reichlich verstört erhob ich mich und stellte fest: Unser Gefährt saß fest und neigte sich leicht nach Backbord.

Gleich darauf erschienen auch Kapitän Nemo und sein Erster Offizier auf der Plattform. Sehr gefasst untersuchten sie die Lage des Schiffes und wechselten einige Worte in ihrer unverständlichen Sprache. Am Klang ihrer Stimme und in ihren Gesichtern las ich, was auch ich vermutet hatte: Die *Nautilus* saß in der Klemme. Der leichte Aufprall konnte dem stählernen Gehäuse zwar keinen Schaden zugefügt haben. Aber mir waren keine Tricks oder technische Möglichkeiten bekannt, wie man sich aus einer solchen Lage retten konnte. Allein die Flut, eine Hochflut, konnte das schwere Schiff wieder befreien.

„Eine wunderbare Gelegenheit, einen kleinen Landgang zu unternehmen“, stellte Ned Land fest. „Auf dieser Insel da wachsen Bäume. Wo Bäume sind, da leben auch Tiere. Und die tragen Koteletts und Roastbeefs, die ich gerne zwischen den Zähnen hätte.“

Solcherlei Gelüste plagten mich zwar nicht. Aber gegen das Gefühl, mal wieder Festland zu betreten, hatte ich nichts einzuwenden.

„Unser Boot steht Ihnen zur freien Verfügung“, sagte Kapitän Nemo zu meiner grenzenlosen Verblüffung.

*

Was für ein Erlebnis, nach so vielen Monaten auf See mal wieder mehr als ein paar Meter geradeaus gehen zu dürfen!

Mit Gewehren und Beilen bewaffnet, streiften Conseil, Ned Land und ich durch ein Eiland, das üppiger und bunter nicht sein konnte. Vor allem der Harpunier war ganz außer sich vor Freude:

„Fleisch!", rief er ein ums andere Mal. „Gleich gibt's echtes Fleisch! Das erste vierbeinige Vieh, das mir über den Weg läuft, werde ich abknallen und uns auf der Stelle grillen."

„Das Schießen würde ich vorerst mal sein lassen", riet ich dem heißhungrigen Kanadier. „Sonst kriegen wir es schneller, als uns lieb ist, mit Zweibeinern zu tun."

Ned Land machte eine unwirsche Geste und richtete seine Jagdgelüste umgehend auf andere Objekte. Begeistert wie ein Kind zeigte er auf Kokospalmen, Bananenstauden, Mango- und Brotbäume: „Von alledem werden wir so viel wie möglich aufs Boot schaffen, damit der Speiseplan eine Bereicherung erfährt!"

Conseil pflichtete dem Kanadier bei. Seit er mit Ned Land das Zimmer teilen musste, hatte er eine tiefe Freundschaft zu ihm entwickelt. Zwar gerieten die beiden öfters aneinander, weil der Kanadier von Natur aus ein Spötter war und gut auszuteilen wusste. Aber letztendlich war er ein braver Kerl und mein Diener schien eine beruhigende Wirkung auf ihn zu haben.

Während die beiden also eine neue Speisekarte für die *Nautilus* austüftelten, war ich mit Naturstudien beschäftigt. Zwar hatte ich schon einige Forscherberichte über diese einmalig schöne und artenreiche Inselwelt gelesen. Aber was sind geschriebene Worte gegen das, was man mit den eigenen Sinnen in sich aufnimmt! Immer wieder blieb ich stehen und machte mir Notizen. Und erst nach einigen Stunden des Herumstreifens fiel mir wieder ein, dass ich möglicherweise nie mehr die Gelegenheit haben würde, meine Aufzeichnungen anderen Interessierten zur Kenntnis zu bringen.

Ich schob diesen Gedanken sehr schnell wieder beiseite. Zudem lenkte jetzt unbeschreiblich lautes Gekrächze und Gekreische meine Aufmerksamkeit auf Tiere, denen schon immer meine Liebe gehört hatte. Wir waren bis zu einer Stelle vorgedrungen, wo sich Hunderte von Loris, Kakadus, Ralaos, Papuas und andere prachtvolle Vögel ein Stelldichein gaben.

„Darf ich jetzt schießen?“, fragte Ned Land, dem das Jagdfieber aus den Augen leuchtete. „Auf diesem Eiland wird sich bestimmt kein Eingeborener rumtreiben. Unser allwissender Kapitän hätte sonst ganz sicher nicht hier haltgemacht.“

„Er hat das Schiff leichtfertig auf Land gesetzt. Und vielleicht werden wir den Rest unseres Lebens auf dieser herrlichen Insel verbringen“, ließ sich Conseil vernehmen und machte dabei nicht gerade das glücklichste Gesicht.

„Mir soll's recht sein“, nörgelte Ned Land. „Hauptsache, ich bekomme bald Schießerlaubnis.“

Ich gab sie ihm nicht, denn ich hatte plötzlich etwas entdeckt, das meinen Puls hochschnellen ließ.

„Ein Paradiesvogel“, flüsterte Conseil, der, wie so oft, meinem Blick gefolgt war. Der Gute hatte zwar keine Ahnung von den Zusammenhängen in der Natur. Doch dank der Katalogisierungsarbeit kannte er fast alle Artennamen

– von der ausgefallensten Amöbe bis zur seltensten Giraffensorte.

„Ich versuche, ihn für meinen Herrn zu fangen", murmelte Conseil und schlich in Richtung des Vogels, der seltsam benommen herumtorkelte. „Besoffen von den Nüssen des Muskatbaumes", erklärte er mir kurz darauf, indem er mir das Prachtexemplar überreichte.

„Ich werde ihn dem ‚Jardin des Plantes' in Paris zum Geschenk machen", sagte ich dankbar, während im selben Moment ein Stein knapp neben mir vorbeizischte. Gleich darauf ertönte lautes, vielstimmiges Gebrüll und ich rief nur noch: „Zurück zum Boot! Rennt, so schnell ihr könnt!"

Meine Warnung war keine Sekunde zu früh erfolgt. Wir hatten das Boot noch nicht einmal ganz startklar gemacht, da kamen Dutzende von Wilden zum Ufer gerannt, brüllten und gestikulierten, schossen mit Steinschleudern und Giftpfeilen auf uns und folgten uns ins Wasser.

Hilfesuchend blickte ich zur *Nautilus*. Sie lag reglos und wie verlassen zwischen den Riffen ... Wir mussten es mit eigener Muskelkraft und Puste schaffen!

Noch nie im Leben hatte ich mich so in die Riemen gehängt und nie zuvor hatte ich auch so um mein Leben gebangt. Meinen Begleitern schien es nicht anders zu gehen. Denn erst als wir die *Nautilus* fast erreicht hatten, fiel uns ein, dass auch wir bewaffnet waren. Völlig außer Atem und mit lahmen Armen sahen wir zur Insel zurück: Die Wilden schienen das Wasser eher zu scheuen – der Spuk war so schnell vorbei, wie er uns überrascht hatte.

Erschöpft vertäuten wir das Boot und kletterten an Bord.

Niemand empfing uns und auch als wir ins Innere des Unterwasserbootes stiegen, begegnete uns keine Seele. Sollten Kapitän Nemo und die Besatzung etwa ...?

Ich stutzte. Ich lauschte. Aus dem Salon drangen Töne, die wohl noch nie jemand auf einem Schiff vernommen hat. Ich schickte Ned Land und Conseil in ihre Kabine und begab mich in den Raum, den sich Kapitän Nemo für seinen Lebensgenuss gestaltet hatte.

„Kapitän", sagte ich.

Der Kommandant hörte mich nicht. Er saß, in die Musik vertieft, an einer Orgel. Voller Inbrunst entlockte er dem wunderbaren Instrument Töne, wie sie nicht schöner in einer Kathedrale oder einem Konzertsaal erklingen konnten.

Was für ein Mensch! Für einen Moment vergaß ich, dass ich soeben noch in Lebensgefahr geschwebt war.

„Kapitän!", sagte ich jetzt deutlich lauter. Aber erst als ich ihm auf die Schulter tippte, drehte er sich nach mir um: „Ah, Sie sind es, Herr Professor! Hatten Sie einen schönen Jagdausflug?"

„In der Tat, Kapitän. Wir wurden gejagt ... von Wilden!"

„Was heißt hier Wilde?", erwiderte der Kommandant unwirsch. „Wilde gibt es überall, ich habe sie zur Genüge kennengelernt. Sind die, welche Sie so bezeichnen, etwa schlimmer?"

Ich war zugegebenermaßen etwas verwirrt durch diese Bemerkung. Dennoch wollte ich Kapitän Nemo den Ernst der Lage klarmachen: „Vielleicht sollten Sie trotzdem einige Vorkehrungen treffen, Kapitän ..."

„Keine Besorgnis, Herr Professor ..."

„Aber diese Eingeborenen sind nicht wenige ..."

„Wie viele haben Sie gezählt?"

„Mindestens hundert."

„Herr Aronnax", erwiderte Kapitän Nemo, während er wieder in die Tasten griff, „auch wenn alle Einwohner Papuasiens am Ufer versammelt wären, würde für die *Nautilus* keine Gefahr bestehen."

Es war überdeutlich, dass mit dem Kommandanten nicht mehr über dieses Thema zu sprechen war. Er hatte sich wieder in seine Musik versenkt und mir blieb nichts anderes übrig, als den Salon zu verlassen.

Nachdenklich stieg ich zur Plattform empor. Es war inzwischen Nacht geworden und ich sah das, was ich befürchtet hatte: Am Ufer waren jetzt zahlreiche Feuer entzündet – die Eingeborenen dachten nicht daran, sich zurückzuziehen.

Warum lässt Kapitän Nemo nicht einfach die Luken schließen? Weshalb hat er niemanden von der Besatzung als Wache auf die Plattform beordert? Mir war das alles rätselhaft und zugleich ging etwas von dem Gleichmut des Kommandanten auf mich über. Vielleicht hatte er schon früher Erfahrungen mit den Papuas gemacht und wollte nur nicht darüber reden ... jedenfalls zog ich mich gegen Mitternacht in meine Kabine zurück und schlief ruhig ein.

Die Nacht verlief tatsächlich ohne Zwischenfall. Am Morgen des 8. Januar stieg ich um sechs Uhr wieder auf die Plattform und beobachtete, wie sich der Morgennebel lichtete. Was ich allerdings nun zu sehen bekam, ließ meine Zuversicht ziemlich schnell schwinden: Die Zahl der Eingeborenen hatte sich inzwischen vervielfacht. Da waren mindestens fünf- bis sechshundert, alle bis an die Zähne bewaffnet. Das war noch nicht alles: Sie zeigten jetzt auch viel weniger Respekt vor dem stählernen Ungetüm. Weil inzwischen Ebbe war, kamen sie über die aus dem Wasser ragenden Korallenriffe bis auf zwei Kabellängen an die *Nautilus* heran. Was mich aber noch mehr beunruhigte: Am Ufer erkannte ich zahlreiche Pirogen, mit denen die Papuas auch große Entfernungen zurücklegen konnten. Ich beschloss, erneut Kapitän Nemo aufzusuchen. Zunächst sah ich in den Räumen nach ihm, zu denen ich freien Zugang hatte. Und dann tat ich etwas, das ich mir bisher noch nicht erlaubt hatte: Ich klopfte an sein Privatgemach. Ein „Herein!" war die Antwort. Ich trat ein und sah den Kapitän in Berechnungen vertieft.

„Störe ich?"

„Nein, Herr Aronnax. Ich denke, wichtige Gründe sind der Anlass Ihres Kommens?"

Ich teilte ihm mit, was ich beobachtet hatte und fügte hinzu: „Ich befürchte einen Angriff spätestens dann, wenn die nächste Flut kommt."

Kapitän Nemo lächelte: „Heute haben wir Vollmond und die Flut wird besonders hoch sein. Heute Mittag um zwei Uhr fünfunddreißig wird sie die Höhe erreicht haben, die ausreicht, um die *Nautilus* aus dem Riff auslaufen zu lassen."

„Und wenn die Papuas vorher angreifen?"

„Dann werden sie ein Wunder erleben", erwiderte der Kapitän. „Wenn es Sie aber beruhigt, so veranlasse ich, dass unser Beiboot eingeholt wird und man die Luken schließt."

Dabei zeigte er auf einen kleinen Knopf, über den er offenbar mittels elektrischer Kraft Befehle an seine Mannschaft geben konnte. Ich war ein weiteres Mal beeindruckt. Dieser Mann mit seinen schwarzen Augen, in denen etwas Unergründliches verborgen war, verwirrte mich mit seiner Ruhe und Gelassenheit – er war mir sympathisch und unheimlich zugleich.

„Ich vertraue Ihnen", sagte ich dennoch und ging. Um mich abzulenken, zog ich mich für die nächsten Stunden in mein Zimmer zurück. Ich versuchte zu lesen, ertappte mich aber mehrmals, wie ich voller Ungeduld auf die Uhr blickte.

Dann endlich war es Mittag: Jeden Moment mussten die Vorbereitungen beginnen, um die *Nautilus* freizubekommen. Ich stieg erneut zur Plattform hoch – und schreckte zurück: Vom gestiegenen Wasser begünstigt, näherte sich eine ganze Armada von Pirogen unserem Schiff. Hunderte von Pfeilen und Schleudern waren auf uns gerichtet.

Ich eilte wieder nach unten. Gleichzeitig hörte ich, wie der schwere Motor der *Nautilus* angeworfen wurde. Laute, wilde Rufe kamen schnell näher. Es dröhnte und ein unangenehmes metallisches Schaben war zu vernehmen.

„Kapitän Nemo! Die Luken!"

Bemalte, wild entschlossene Gesichter erschienen über mir:

Angriff!

Doch kaum hatte der erste Krieger das Treppengeländer angefasst, schrie er gellend auf und wurde zurückgeschleudert. Der nächste versuchte es und der nächste ... aber allen widerfuhr das gleiche: Ein elektrisch geladenes Kabel versetzte den Angreifern einen fürchterlichen Schlag und zwang sie zur Flucht! Gleichzeitig spürte ich, wie sich die *Nautilus* in Bewegung setzte. Hinter mir erschien Kapitän Nemo und grinste. Über uns schloss sich die Luke ...

Wir waren wieder frei!

Ein Toter an Bord

Unsere wundersame Rettung beschäftigte mich noch lange. Nicht auszumalen, wenn die *Nautilus* in den Klippen hängengeblieben wäre ... Auch wenn die Papuas auf so raffinierte Weise am Eindringen in das Unterseeboot gehindert werden konnten – irgendwann hätten wir das Gefährt verlassen müssen. Spätestens wenn unsere Vorräte aufgebraucht gewesen wären ...

So aber setzte die *Nautilus* ihre Fahrt unter Wasser fort, mit einer Geschwindigkeit von mindestens fünfunddreißig Meilen. Wir hielten genau Westkurs und kamen am 11. Januar an dem unter 135 Grad Länge und 12 Grad südlicher Breite gelegenen Kap Wessel vorüber. Am 13. Januar passierten wir die Insel Timor, die für ihre zahlreichen Krokodile berühmt und berüchtigt ist. Von hier aus ging die Fahrt westwärts in den Indischen Ozean und ich fragte mich wieder und wieder: Wohin wollte Kapitän Nemo uns führen? Zu den Küsten Asiens? Oder gar nach Europa? Beide Möglichkeiten schienen mir eher unwahrscheinlich bei einem Mann, der die bewohnten Kontinente floh.

Nachdem wir schließlich auch an den Cartier-, Hibernia-, Seringapatam- und Scott-Klippen vorübergeglitten waren, bewegten wir uns am 14. Januar, fern von allen Ländern, in freien und vor allem scheinbar unergründlich tiefen Gewässern. Ich stellte fest, dass die Geschwindigkeit der *Nautilus* auffällig gedrosselt wurde. Mit voll belasteten Behältern und schräg gestellten Flügeln tauchte das Schiff abwärts.

Was wohl der Kommandant in diesen Tagen treibt?, überlegte ich mir gerade, als Kapitän Nemo in meiner Kabine auftauchte: „Herr Professor, falls es Sie interessiert, können Sie an meinen wissenschaftlichen Experimenten teilnehmen. Sie würden dabei gewiss einige überraschende Erlebnisse haben."

Ich musste nicht weiter überredet werden. Ich war sofort mit größter Neugierde dabei und wunderte mich nicht zum ersten Mal, mit welcher Präzision und mit welch raffinierten Hilfsmitteln der Kommandant ans Werk ging. Momentan interessierten ihn die Wassertemperaturen in verschiedenen Tiefen, wozu Messungen bis in zehntausend Metern Tiefe vorgenommen wurden.

Das Resultat war verblüffend: Ab tausend Meter Tiefe herrschte unter allen Breitengraden eine gleichbleibende Temperatur von viereinhalb Grad. Als nächstes widmete sich Kapitän Nemo der Untersuchung des Salzgehalts in verschiedenen Meerestiefen. Danach ging es um die Wasserdichte. Zu meiner Verwunderung hatte der Kommandant schon Daten rund um die Erde gesammelt. Sogar solche aus den vielbefahrenen europäischen Gewässern teilte er mir mit.

Erneut drängten sich mir einige Fragen auf: Zu welchem Zweck stellte er diese Forschungen an? Wer konnte davon einen Nutzen haben, wenn sowohl er und seine Besatzung als auch ich und meine Gefährten nie mehr ein kultiviertes Land betreten sollten?

Ich wusste: Es war sinnlos, den Mann zu diesen Themen zu befragen. Er hatte mich zwar zum Teilhaber an seinen Forschungen und Ideen gemacht. Das eigentliche Geheimnis aber um sich und sein Schiff würde er möglicherweise nie lüften ...

So wunderte es mich auch nicht, als Kapitän Nemo nach einigen Tagen des ständigen Beisammenseins ohne eine Erklärung in seinen Privaträumen verschwand und sich tagelang nicht blicken ließ. Um mich abzulenken, setzte ich mich öfter mit meinem Skizzenbuch vor das Panoramafenster im Salon und trieb meine eigenen Studien.

Die Tage vergingen rasch und fast konnte man vergessen, dass es noch eine andere Art von Leben gab als dieses unter Wasser. Doch dann ereignete sich etwas, das uns die Außergewöhnlichkeit unserer Situation umgehend bewusst machte:

Wir schrieben inzwischen den 18. Januar. Die *Nautilus* war zur Abwechslung mal wieder aufgetaucht und lag unter 105 Grad Länge und 15 Grad südlicher Breite. Vom Osten blies ein starker Wind. Das Barometer war in den letzten Tagen ständig gefallen. Ein Unwetter drohte.

Ich war auf die Plattform gestiegen, wo sich zu meiner Überraschung auch Kapitän Nemo und sein Erster Offizier aufhielten. Ich blieb in gebührendem Abstand und beobachtete, wie der Kommandant sein Fernrohr auf den

Horizont richtete. Minutenlang hielt er das Glas auf einen Punkt fixiert. Dann ließ er es sinken und wechselte einige Worte mit dem Offizier. Obwohl ich nicht ihre Sprache verstand, war den Gesten und dem Klang der Stimmen zu entnehmen, dass es sich nicht um ein gewöhnliches Gespräch handelte. Irgendetwas schien vor allem Kapitän Nemo nervös zu machen. Wieder und wieder fixierte er den Horizont, an dem mit bloßem Auge nichts als Wasser und Himmel zu erkennen war.

Ich wunderte mich. Und was lag näher, als selber zum Fernglas zu greifen und den Horizont abzusuchen? Kaum aber hatte ich das Gerät vor Augen, wurde es mir aus der Hand gerissen! Erschrocken drehte ich mich um: Kapitän Nemo stand direkt neben mir und war nicht wieder zu erkennen. Seine Gesichtszüge waren entstellt. In seinen Augen loderte düsteres Feuer. Sein ganzer Körper war angespannt ... Für einen Moment standen wir uns so gegenüber. Dann hatte sich der Kommandant wieder einigermaßen im Griff: „Herr Aronnax“, sagte er mit kühler Stimme, „ich muss leider Gebrauch von einer Auflage machen, die ich Ihnen zu Beginn Ihrer Gefangenschaft mitgeteilt habe. Begeben Sie sich zusammen mit Ihren Gefährten umgehend in die geschlossene Kabine!“

Der Tonfall sagte mir, dass jegliche Widerrede umsonst wäre. Betreten verließ ich die Plattform und ging in die Kabine von Ned Land und Conseil, um ihnen die Verfügung des Kapitäns mitzuteilen.

„Kann mein Herr mir sagen, was das zu bedeuten hat?", fragte mich Conseil höchst verwirrt.

„Was zum Teufel erlaubt sich die Bande?" Ned Land gingen wieder mal die Nerven durch.

Wir hatten nicht viel Zeit zum Diskutieren. Vier Mann der Besatzung erschienen mit den bekannten undurchdringlichen, ja fast maskenhaften Gesichtern, sprachen kein Wort und führten uns in die Zelle, die uns vom Anfang der Gefangenschaft wohlbekannt war.

Mir schwirrte der Kopf. Immer wieder erschien vor meinen Augen das besessene, hasserfüllte Gesicht des Kommandanten. Was in Gottes Namen hatte ihn so ausrasten lassen ... ?

Schon kurze Zeit später wurde ich aus meiner Grübelei gerissen. Überraschenderweise erschien ein Steward und trug uns ein Menü auf, wie wir es in den Wochen zuvor nicht exquisiter serviert bekommen hatten. War das ein erstes Zeichen der Reue ... sozusagen eine Entschuldigung?

Vor allem Ned Land stürzte sich wie ausgehungert auf die Köstlichkeiten des Meeres. Aber auch Conseil und ich mochten nicht darben. Mit leerem Magen ließ sich die neue Situation auch nicht besser ertragen ... Schweigend aßen wir uns durch die verschiedenen Gänge und ohne uns abzusprechen, suchte sich jeder nach der Mahlzeit einen Platz am Boden, wo er sich, den Umständen entsprechend unbequem, niederlassen konnte ... alles Weitere ist aus meinem Gedächtnis wie ausgelöscht!

Ich weiß auch nicht, wie viele Stunden ich geschlafen habe. Ich kann mich nur erinnern, dass ich aus einem nie zuvor erlebten Tiefschlaf nicht in der Zelle, sondern wieder in meinem Zimmer aufwachte, vor mir einen leichenblassen Kapitän stehen sah, der mich bat, ihm zu folgen.

Gleich darauf kniete ich – immer noch wie in Trance – vor einem Menschen, der schwer verletzt war!

„Bitte, helfen Sie ihm, Herr Professor!“, hörte ich die flehende Stimme des Kapitäns hinter mir. „Ich erinnerte mich, wie Sie mir zu Beginn unserer gemeinsamen Reise erzählten, Sie hätten früher einmal Medizin studiert. Nun beweisen Sie, dass Sie etwas von diesem Fach verstehen!“

Ich hätte gerne etwas erwidert. Mir lagen unzählige Fragen auf der Zunge. Aber der arme Mensch vor mir forderte meine ganze Aufmerksamkeit: Es war ein etwa vierzigjähriger Mann, dessen Kopf in ein Linnen gewickelt war. Es war blutdurchtränkt und nicht mehr als ein Notverband – der Mann musste eine schwere Verwundung erlitten haben. Mit weiten Augen starrte er mich an. Kein Schmerzenslaut drang aus seinem Mund. Der Atem ging schwer und in kurzen Abständen zuckte sein Körper.

Ich entfernte vorsichtig den Verband und bekam Schreckliches zu sehen: Der Kopf war an einer Seite fast zerschmettert – der Mann musste einen fürchterlichen Schlag mit einem harten Gegenstand bekommen haben.

Obwohl ich seit Ewigkeiten nichts mehr mit der Medizin zu tun gehabt hatte, versuchte ich mein Bestes. In meinem Rücken spürte ich die Blicke von Kapitän Nemo und ich meinte, ihn schluchzen zu hören.

„Woher stammt die Verletzung?“, fragte ich und bekam eine rüde Antwort:

„Was tut das zur Sache?“ Und nach einer längeren Pause fügte der Kommandant hinzu: „Ein Hebel im Maschinenraum ist gebrochen. Er hat ihn unglücklich am Kopf getroffen. Sagen Sie lieber, welche Chancen er hat!“

Ich fühlte den Puls des Mannes und erneuerte den Verband. „Er wird binnen zwei Stunden sterben“, flüsterte ich, indem ich mich zu Kapitän Nemo umwandte.

Dessen Hände zitterten. In seinen Augen standen Tränen. Der Mann, der oft so verbittert und kalt erschien, konnte sein Mitgefühl nicht verbergen. „Sie können sich nun zurückziehen“, sagte er leise und vermied dabei mich anzusehen.

Ich verließ das Sterbezimmer und ging in meinen Raum zurück. Niemand folgte mir, um mich wieder in die Zelle zu bringen. Ich überlegte. Offenbar hatte man uns aus irgendwelchen undurchsichtigen Gründen beiseite schaffen wollen. Zu diesem Zweck war uns wohl ein starkes Schlafmittel ins Essen gemischt worden. Was war inzwischen geschehen? Ich rätselte vergeblich. Aber ich war entschlossen, dieses Geheimnis zu lüften ...

Die folgende Nacht schlief ich sehr schlecht. Ich wurde von Alpträumen geplagt und ich glaubte von fern Seufzer und eine Art Totenpsalm-Melodie zu hören. Am nächsten Morgen verließ ich schon sehr früh meinen Raum.

Die *Nautilus* lag ruhig und die Instrumente zeigten keine Tauchtiefe an. Ich kletterte auf die Plattform und traf auf Kapitän Nemo. Er war blass und übernächtigt, aber seine Stimme war wieder gefasst und freundlicher:

„Herr Professor, würde es Ihnen belieben, uns bei einer Exkursion unter Wasser zu begleiten?"

Ich nickte und wenig später steckten Ned Land, Conseil und ich in den Tauchanzügen. Dieses Mal waren es nicht nur Kapitän Nemo und sein Erster Offizier, die uns begleiteten. Zu meiner Verwunderung folgten uns mindestens zehn Mann der Besatzung in eine Korallenlandschaft, die prachtvoller nicht sein konnte. Sie trugen einen sargähnlichen Gegenstand mit sich. Und der Anlass des Ausflugs war bald erkannt: Der Tote von Bord wurde auf einem Korallenfriedhof beerdigt.

Der Kampf mit dem Hai

Noch lange beschäftigte mich das, was sich mit dem Toten an Bord zugetragen hatte. Welch verrückter Gedanke, so fern von allen menschlichen Gefilden einen Friedhof zu suchen! „Der Kapitän der *Nautilus* ist wahrscheinlich ein großer Gelehrter, ein verkanntes Genie", tat mein Gehilfe Conseil seine Meinung kund. „Er ist enttäuscht, weil man seine außerordentlichen Fähigkeiten nicht genügend gewürdigt hat. Deshalb hat er sich aufs Meer zurückgezogen und will mit den Menschen nichts mehr zu tun haben."

Mir reichte diese Erklärung nicht. Es musste noch mehr dahinterstecken. So wie ich Kapitän Nemo erlebt hatte, als er mir das Fernrohr entriss ... wie er uns anschließend einsperren und betäuben ließ – da musste noch etwas anderes geschehen sein!

Der Kommandant begnügte sich nicht damit, die Menschen zu fliehen! Wenn mich mein Gefühl nicht täuschte, dann sann er nach Vergeltung. Oder lebte er das Böse in sich aus – vielleicht gar hemmungslos?

Wie aber sollte ich mich verhalten? Ich war nun einmal auf Gedeih und Verderb diesem seltsamen, unberechenbaren Menschen ausgeliefert. Und, ich gestehe: Ich wollte auch diese einmalige Chance nutzen. Ich war besessen davon, noch viel mehr jener Wunder kennen zu lernen, die das Meer vor uns gewöhnlichen Menschen verborgen hält. Was hatte ich bis jetzt gesehen, im Vergleich zu dem, was es vielleicht noch alles gab? Wir hatten ja erst sechstausend Meilen Pazifik durchmessen …

Wahrscheinlich wäre es jedem anderen, der das Meer nicht so liebte wie ich, tödlich langweilig geworden. Ich aber genoss es, mindestens einmal am Tag, wenn die *Nautilus* sozusagen zum Luftholen an die Wasseroberfläche stieg, die belebende Luft des Ozeans einzusaugen oder die Vogelwelt zu beobachten. Unter den großen Seglern, die weit vom Land abgetrieben waren und sich auf den Wogen von ihren langen Flügen erholten, entdeckte ich prachtvolle Albatrosse aus der Familie der Langflügler. Die Familie der Ruderfüßler war durch die schnellen Fregattvögel und die wendigen Spitzschwänze vertreten. Aber auch Möwen und Meerschwalben begleiteten uns zeitweilig – manchmal auch mit dem Schicksal, unsere Speisekarte zu bereichern.

Ansonsten verbrachte ich reichlich Zeit in der Bibliothek, schrieb an meinen Memoiren oder saß mit Skizzenbuch, Stift und Nachschlagewerken vor den Scheiben des Salons, um das vielfältige Meeresleben zu studieren. Dabei entdeckte ich auch mehrere Arten, die mir bisher unbekannt waren. Darunter befanden sich sogenannte Kofferfische, die durch einen knochigen Panzer gegen Feinde geschützt sind. Des Weiteren rote Seehähne mit knochigen Stacheln, Dromedarfische mit kegelförmigen Buckeln und viele andere Arten, die noch niemand bezeichnet hat. Im Übrigen enthielten die Fangnetze der *Nautilus* auch nicht gerade wenige Überraschungen: Als wir in der Nähe der Insel Keeling und vor anderen unbewohnten Inseln kreuzten, konnte ich Karettschildkröten, Delphinschnecken, zahlreiche Polypen-, Seeigel- und Molluskenarten bewundern. Kurzum, ich war von morgens bis abends beschäftigt und wahrscheinlich der glücklichste „Gefangene" der Welt.

*

Am 26. Januar passierten wir den Äquator auf dem 82. Längengrad und kehrten in die nördliche Hemisphäre zurück. Am 27. Januar, nachdem uns für eine lange Wegstrecke eine große Schar Haie begleitet hatte, kamen wir in den Golf von Bengalen und erlebten am Abend ein herrliches Naturschauspiel: Myriaden von Leuchtwürmern verwandelten den Ozean in eine Art „Milchmeer" von meilenweitem Ausmaß.

Am 28. Januar, als die *Nautilus* mittags auf 9 Grad 4 Minuten nördlicher Breite an die Oberfläche stieg, tauchte im Westen plötzlich Land auf. Ein Blick auf die Karte bestätigte meine Vermutung: Vor uns lag Ceylon, die Perle des indischen Subkontinents! In diesem Moment betraten Kapitän Nemo und sein Erster Offizier die Plattform.

„Ceylon ist berühmt für seine Perlenfischerei", sprach mich der Kommandant an. „Hätten Sie Lust, Herr Aronnax, sich vor Ort von seinen Schätzen zu überzeugen?"

„Gewiss, Herr Kapitän."

„Gut, das lässt sich machen. Wir werden die Fischer allerdings noch nicht bei der Arbeit sehen. Die Saison beginnt erst in einem Monat. Dann versammeln sich die Taucher im Golf von Mannar und fahren mit mindestens dreihundert Booten aufs Meer. Jedes Boot ist mit zwanzig Mann besetzt – zehn fürs Rudern und zehn fürs Tauchen. Mit Hilfe eines schweren Steines, den sie zwischen den Füßen halten und der mit einem Strick am Boot befestigt ist, lassen sich die Männer bis zu zwölf Meter tief absinken. Dabei haben sie durchschnittlich dreißig Sekunden Zeit, um dort unten fündig zu werden."

„Dreißig Sekunden?"

„Ein paar schaffen es auch länger ... bis den Unglücklichen das Blut aus Nase und Ohren strömt."

„Wenn sie Ihren Tauchapparat hätten ..."

„Den haben sie nicht", unterbrach mich Kapitän Nemo. „Und entlohnt werden die armen Teufel auch schlechter als ein Sklave. Sie haben nur die Aufgabe, ihre Herren reich zu machen. Abscheulich!"

Kapitän Nemo schwieg. Sein Blick schweifte in eine andere, ferne Welt. Und ein weiteres Mal wunderte ich mich über ihn: Er hatte nicht nur genaueste Kenntnisse von den Menschen hier. Er hatte auch Mitleid mit ihnen!

Im Morgengrauen des nächsten Tages trafen wir uns alle zeitig auf der Plattform. Ned Land und Conseil waren auch eingeladen und Kapitän Nemo war mit fünf Matrosen erschienen, die uns zu den Austernbänken rudern sollten.

„Fürchtet sich jemand vor Haien?“, fragte der Kommandant in die Runde.

Es antwortete niemand.

„Ich habe für jeden ein scharfes Messer dabei“, sagte der Kommandant und wieder gab keiner ein Wort von sich. In seiner Fremdsprache erteilte Kapitän Nemo den Befehl zum Ablegen. Kraftvoll legten sich seine Matrosen in die Riemen ...

Gegen halb sechs – man konnte inzwischen am Horizont die ferne Küste erkennen – gab der Kapitän das Kommando den Anker zu werfen. Jeder von uns erhielt einen Taucheranzug, den Luftbehälter und ein Messer und dann war es soweit: Wir tauchten unter Führung von Kapitän Nemo ins Wasser hinab, in dem es nicht nur von Perlen, sondern auch von Haien wimmeln sollte!

Der Kommandant gab uns ein Zeichen und wir folgten ihm über eine Art sandigen Pfad, der zwischen herrlichen Meerespflanzen sanft abwärts führte. Um uns herum tummelten sich unzählige Fische, doch an diesem Morgen hatte ich kaum einen Blick für sie übrig. Ich war seltsam aufgeregt. Ich spürte mein Herz pochen. Und ich hatte das Gefühl, uns stünde etwas ganz Besonderes bevor. Und siehe da – nach einem Spaziergang von etwa einer halben Stunde in felsigen Tiefen wies uns Kapitän Nemo den Weg in eine Art Grotte, wo ein ungeheuerliches Naturwunder auf uns wartete!

Wir standen vor einer Auster von riesigem Ausmaß, Die untere Schale war fast zwei Meter breit. Das Gewicht dieser Muschel mochte dreihundert Kilo betragen, wovon allein das Fleisch gewiss fünfzehn Kilo wiegen musste. Sie war halb geöffnet und mit ihrer Muschelseide haftete sie an einem Granittisch. Abgesehen von ein paar kleinen Objekten hatte sie diesen Grottenraum ganz für sich allein – ein fast feierlicher Anblick!

Während Conseil und Ned Land noch in gebührendem Abstand und wie gebannt vor dem Phänomen standen, waren Kapitän Nemo und ich näher getreten. Der Kommandant ergriff seinen Dolch, machte eine schnelle Bewegung und klemmte ihn zwischen die beiden Schalen der Auster, um sie am Schließen zu hindern. Dann hob er mit einer Hand die grausige, überlappende Haut, die den Mantel des Tieres bildete. Und dann konnte ich sie sehen: die Perle! Zwischen den blattartigen Falten lag sie versteckt – groß wie eine Kokosnuss!

Ihre Kugelform, ihre vollkommene Klarheit, ihr wunderbarer Glanz machten sie zu einem Kleinod von unschätzbarem Preis. Wie von einer magischen Kraft angezogen, streckte ich die Hand aus und wollte sie berühren. Aber der Kapitän hielt mich zurück, machte ein verneinendes Zeichen und zog mit einer schnellen Bewegung den Dolch heraus: Umgehend schloss die Muschel ihre Schalen und verbarg ihren Schatz vor unseren Blicken und vor unserem Zugriff! Ich hatte auch ohne Worte begriffen. Kapitän Nemo wusste von der Existenz der Riesenauster. Er besuchte sie nicht zum ersten Mal. Möglicherweise beobachtete er das Heranwachsen der Perle schon seit langer Zeit und er züchtete sie sozusagen, um sie eines Tages als Prunkstück seiner wertvollen Sammlung beizufügen ...

Der Besuch bei der Riesenmuschel war beendet. Kapitän Nemo verließ die Grotte und wir stiegen zu viert wieder zur Austernbank hoch. Auch hier gab es genügend zu bewundern. Keines der Exemplare erreichte nur annähernd die Größe der Riesenauster, aber die Mengen von Perlmuscheln hier machten verständlich, warum der Ruf dieser Sandbank bis nach England reichte.

Wir mochten etwa zehn Minuten inmitten dieses Reichtums spazieren gegangen sein, da blieb Kapitän Nemo plötzlich stehen. Mit einer hastigen Gebärde wies er uns, in einer großen Mulde nieder zu kauern. Seine Hand zeigte auf eine Stelle, die ich nicht einsehen konnte.

Ein Hai! dachte ich, während sich kaum fünf Meter vor mir ein Schatten zu Boden senkte. Mein Herz raste, ich fixierte das Dunkel ... und dann war es wie eine Erlösung: Ein Mann, ein lebender Mensch, ein Ceylonese, tauchte nach unten, um hier zu ernten, lang bevor die eigentliche Erntezeit begann. Jetzt bemerkte ich auch schräg über mir den Kiel seines Bootes. Ein Stein in Zuckerhutform war mit einem Strick dort oben befestigt. Und jedes Mal, wenn der Mann nach unten kam, hatte er den Brocken zwischen den Füßen, ließ ihn los, während er niederkniete, raffte in Sekundenschnelle und wahllos Muscheln vom Grund, um nach nicht mehr als einer halben Minute mit raschen Beinschlägen senkrecht hoch zum Boot zu steigen.

Er sah uns nicht. Und wir wollten nicht, dass er uns sah. Zunächst fasziniert, schließlich aber eher bedrückt beobachteten wir den Dunkelhäutigen bei seiner Schwerarbeit. Dann plötzlich – ich war mit meinen Gedanken schon gar nicht mehr im Wasser – machte der Mann eine ruckartige Bewegung, versuchte sich an den Grund zu kauern, wurde aber sogleich durch Auftrieb und Luftmangel nach oben gezogen. Gleichzeitig war ein gigantischer Schatten über dem Unglücklichen aufgetaucht: Ein riesiger Hai erschien leibhaftig vor unseren Augen, hatte sein Maul weit aufgerissen und schoss mit einem gewaltigen Schlag seiner Schwanzflosse auf den Ceylonesen zu!

Ich erstarrte. Ich war keiner Bewegung fähig. Aber Kapitän Nemo, der gleich neben mir kauerte, erhob sich plötzlich. Er hatte den Dolch in der rechten Hand und bewegte sich geradewegs auf das Ungeheuer zu.

„Dieser Wahnsinnige!“, schoss es mir durch den Kopf. „Das ist sein Ende!“

Ich sah, wie der Ceylonese gerade noch dem Biss des Hais entkam und von der Schwanzflosse zur Seite geschleudert wurde. Im selben Moment hatte das Riesentier sein zweites Opfer wahrgenommen. Mit einer schnellen Wendung schwamm es direkt auf Kapitän Nemo zu, riss wieder sein Maul auf und schnappte zu ... schnappte ein zweites Mal, aber mit einer unglaublichen Gewandtheit hatte sich der Kommandant im Bruchteil einer Sekunde dem sicheren Zugriff entzogen, war genau neben dem Hai und stieß ihm den Dolch in den Bauch!

Welche Kraft braucht man, um ein solches Untier zu erledigen? Auch ein Kapitän Nemo hatte sie nicht: Ein fürchterlicher Kampf begann. Der Hai schien vor Wut zu schnauben. Blut floss aus seinen Wunden. Das Meer färbte sich rot. Es war fast nichts mehr zu erkennen. Da sah ich, wie der Kapitän zu Boden stürzte. Ein gewaltiger Wasserwirbel entstand. Das Tier war genau über ihm, die Dolchstöße gingen ins Leere ...

Ned Land!

Ich sah, wie er von hinten auftauchte, eine Harpune in der Hand, auf den Hai losstürzte und ihn damit durchbohrte!

Das Wasser färbte sich noch röter. Der Hai peitschte in unbeschreiblicher Raserei das Wasser auf. Ich glaubte ein Todesröcheln zu vernehmen. Mit fürchterlichen Zuckungen, die Conseil zu Boden warfen, irrte das Tier in seinem eigenen Blut herum, bis es auf einmal totenstill im Wasser schwebte.

Inzwischen hatte Ned Land dem Kapitän aufgeholfen. Er war unverletzt und nach kurzer Benommenheit konnte er mit uns nach oben steigen. Dort, ganz in der Nähe unseres Bootes, lag auch der Kahn des Ceylonesen. Der Perlentaucher, der es wohl nur mit letzter Kraft nach oben geschafft hatte, hing wie leblos quer in seinem Gefährt.

„Ich muss ihm helfen", sagte Kapitän Nemo leise und mehr zu sich selbst. Und dann sahen wir zu, wie der

Kommandant den Ohnmächtigen wiederbelebte und ihm zum Abschied ein Säckchen in die Hand drückte, in dem wahrscheinlich Perlen waren ...

Der Schatz

Der Ausflug zur Austernbank hatte noch ein wichtiges Nachspiel: Am nächsten Tag kam Kapitän Nemo in meine Kabine, wo ich mit Ned Land und Conseil beim Essen saß. Der Kommandant wirkte wieder kraftvoll und war nicht mehr so blass wie nach unserem Tauchabenteuer. Er ging direkt auf den Harpunier zu, fixierte ihn für einige Sekunden mit seinen schwarzen, unergründlichen Augen und sagte: „Ich danke Ihnen, Meister Land."

Der Harpunier schien keinen Moment beeindruckt. Er lächelte kurz und erwiderte: „Es war eine Revanche, Kapitän. Ich war sie Ihnen schuldig."

Später, als ich allein mit Kapitän Nemo auf der Plattform stand und wir lange schweigend den Möwen und Seeschwalben bei ihrem Flug zugeschaut hatten, drängte es mich, dem Kommandanten einen Satz zu sagen:

„Sie haben gestern sehr viel Herz bewiesen, obwohl Sie die Menschen doch so hassen."

„Dieser Ceylonese, Herr Professor", sprach Kapitän Nemo mit bewegter Stimme, „dieser Mann gehört zum Volk der Unterdrückten. Zu dem gehöre auch ich ... bis zu meinem letzten Atemzug."

Ich hatte diesem Satz nichts mehr hinzuzufügen. Ich konnte nur gespannt sein, welch neue Überraschungen mir auf dieser unfreiwilligen Weltreise geboten wurden.

*

Am 30. Januar verschwand die Insel Ceylon hinter dem Horizont. Die *Nautilus* hielt Kurs auf das Arabische Meer.

„Wissen Sie, Herr Aronnax", fragte mich eines Morgens Ned Land in gereiztem Tonfall, „wissen Sie eigentlich, dass wir schon bald drei Monate Gefangene an Bord dieses Unterseebootes sind?"

„Nein, Ned, ich weiß es nicht. Und ich will es auch nicht wissen."

„Und das Ende?"

„Es wird zu seiner Zeit kommen."

Ned Land ließ mich stehen und ich spürte, wie es in ihm rumorte. Ich nahm mir vor, mich nicht anstecken zu lassen.

Mit großem Interesse verfolgte ich die neue Route der *Nautilus*. Sie ergab für mich keinerlei Sinn. Nachdem es erst so ausschaute, als würden wir durch den Golf von Oman die Sackgasse Persischer Golf ansteuern, fuhren wir neuerdings in zügiger Fahrt südwestlich. Wir hielten genau auf den Golf von Aden zu – wiederum ein Nadelöhr und ohne Ausgang. Am 6. Februar befand sich die

Nautilus tatsächlich vor Aden. Am nächsten Tag liefen wir in die Straße von Bab el Mandeb ein, was im Arabischen so viel wie „Pforte der Tränen" heißt. In den frühen Morgenstunden des 8. Februar kam für kurze Zeit das ehemals berühmte Mokka in Sicht. Sodann näherten wir uns zügig den afrikanischen Küsten, wo das Meer beträchtlich tiefer ist.

Wieder einmal verbrachte ich so viel Zeit wie möglich vor den Ausguckscheiben des Salons. In aller Ruhe konnte ich meinen Studien nachgehen und Aufzeichnungen machen. Mir gänzlich unbekannte Vertreter der Meeresflora und -fauna konnte ich im Schein der elektrischen Lampen bewundern: milbenförmige Pilzkorallen, schieferfarbene Seenesseln, Orgelkorallen und Schwämme jeder Art – gestielte, blattartige, kugelige und fingerförmige. Dazu Fische der ausgefallensten Sorte: Giftflundern mit gezähntem Doppelstachel, Arnacks mit silbrigem Rücken, Stechrochen mit getupftem Schwanz, Bockats von zwei Meter Länge, unheimliche Schlangenfische, Muränen mit silbrigem Schwanz, bläulichem Rücken und braunem, grau gesäumtem Brustschild, goldgestreifte Deckenfische, Schleimfische und viele, viele mehr.

„Nun, Herr Professor, wie gefällt Ihnen das Rote Meer?", überraschte mich Kapitän Nemo durch seine plötzliche Anwesenheit.

„Aus der Sicht dieses wunderbaren Schiffes gefällt es mir nicht schlecht", gab ich zur Antwort.

„Vielleicht wird es erst in hundert Jahren oder später ein besseres geben. Der Fortschritt lässt sich Zeit, Herr Aronnax."

„Ich gebe Ihnen Recht, Kapitän. Ihr Schiff ist der Zeit um Längen voraus. Nur schade, dass dieses Wunderwerk mit seinem Erfinder untergehen soll, ohne dass die Menschheit davon Kenntnis bekommt."

Der Kommandant überhörte meine Bemerkung und wir schwiegen eine Zeit.

„Besuchen Sie das Rote Meer eigentlich das erste Mal mit der *Nautilus*?", versuchte ich unser Gespräch wieder aufzunehmen.

Kapitän Nemo lächelte hintergründig. „Natürlich nicht", sagte er. „Es ist eine der spannendsten Routen auf dieser Welt. Wenn sie demnächst den Suez-Kanal gebaut haben, ist der afrikanische Kontinent plötzlich eine Insel."

„Der *Nautilus* dürfte das nichts nützen", sagte ich. „Sie müsste trotzdem umkehren oder ihre Existenz preisgeben."

„Herr Professor, Sie irren", sagte der Kommandant mit einer Stimme, in der sein ganzes Selbstbewusstsein und seine Macht zu hören waren. „Sie werden übermorgen trotzdem einen Blick auf die Hafenkais von Port Said werfen können."

„Diese Stadt liegt am Mittelmeer, Kapitän!", erwiderte ich irritiert.

„Ja, Professor. Was soll daran so besonders sein?"

„Ich staune über die Geschwindigkeit, die Sie aus Ihrer *Nautilus* herausholen wollen", sagte ich schmunzelnd.

„In einem Tag um ganz Afrika herum ... das wäre wirklich eine Sensation."

„Kommen Sie morgen früh pünktlich um sechs Uhr in die Steuerkabine. Ich werde die *Nautilus* persönlich durch den ‚Arabian Tunnel' ins Mittelmeer steuern."

„Das möchte ich erleben, Herr Kapitän!"

*

Was sich an diesem 12. Februar 1868 ereignete, war so atemberaubend sensationell, dass bis heute seriöse und anerkannte Wissenschaftler ungläubig den Kopf schütteln. Aber ich war Zeuge. Ich stand unmittelbar neben Kapitän Nemo in der Steuerkabine, als wir das Leuchtschiff von Suez in nördlicher – ich wiederhole: in nördlicher! – Richtung passierten. Gleich danach gab der Kommandant per Knopfdruck den Befehl zum Tauchen. Und nach wenigen Minuten wurde die Tiefe des Meeres durch die enorme Lichtkraft des Bootes erhellt ... prachtvolle Korallengebilde an Felswänden, fremdartige Tierpflanzen, Algen und Krustentiere mit gewaltigen Scheren fesselten meinen Blick. Dann plötzlich Dunkelheit vor uns! Ein weiter Gang, schwarz und tief, tat sich vor uns auf ...

„Der ‚Arabian Tunnel'", flüsterte Kapitän Nemo und seine Stimme schien zu zittern.

Die *Nautilus* fuhr kühn hinein. Ein ungewohntes, fremdes Brausen erklang an ihren Flanken.

„Das Wasser des Roten Meeres, das durch das Gefälle des Tunnels zum Mittelmeer hinabstürzt", sagte der Kommandant mit bebender Stimme.

Die *Nautilus* folgte dem Strom pfeilschnell, obwohl die Maschine, um die Geschwindigkeit zu bremsen, mit voller Kraft rückwärts lief.

Ich griff an mein Herz, das heftig klopfte. Ich hatte das Gefühl, in eine andere, neue Welt zu rasen ...

„Das Mittelmeer", verkündete der Kapitän und seine Stimme klang mit einem Mal ganz anders.

Obwohl die Maschine der *Nautilus* auf Hochtouren arbeitete, kam es mir vor, als herrschte jetzt Grabesstille um uns herum. Ich konnte immer noch nicht fassen, was in den letzten Minuten geschehen war. „Darf ich Sie fragen, Kapitän, wie Sie diesen Tunnel entdeckt haben?"

„Gewiss, mein Herr", gab mir der Kapitän zur Antwort, „zwischen Menschen, die einander nie mehr verlassen werden, gibt es keine Geheimnisse."

Ich ging auf die Anspielung nicht ein.

„Herr Professor", sagte der Kapitän, „ich stellte vor geraumer Zeit fest, dass in der Bucht von Port Said und im Bereich von Suez die gleichen Fischarten leben, obwohl das Mittelmeer und das Rote Meer ansonsten sehr verschiedenen Charakter haben, wie wir beide ja bestens wissen, nicht wahr? Ich fing deshalb eine größere Zahl Fische in der Gegend von Suez, markierte sie mit einem Kupferring am Schwanz und setzte sie wieder aus. Einige Monate später gingen mir an der syrischen Küste einige dieser Exemplare wieder ins Netz. Das war ein eindeutiger Beweis."

Wer nun glaubt, dies sei das letzte überraschende, verblüffende oder kaum begreifliche Ereignis gewesen, das ich erleben durfte, der irrt gewaltig.

Wir waren noch gar nicht weit im Mittelmeer unterwegs, da wurde ich Zeuge einer Szene, die mir noch heute lebendig vor Augen ist: Ich befand mich mal wieder im Salon und der Kommandant teilte mir mit, wir befänden uns gegenwärtig in unmittelbarer Nähe von Kreta.

Mir kam diese Mitteilung, besser gesagt die Anwesenheit in diesem Gebiet, sehr gelegen. Obwohl ich hier gar nicht so fern von meiner Heimat war, fehlten mir noch einige Erkenntnisse über Flora und Fauna in diesem Gewässer. Dass ich sie mir unter so idealen Bedingungen verschaffen konnte, hätte ich nie für möglich gehalten. Dass es aber unter Wasser nicht nur Tiere und Pflanzen zu sehen gibt, musste ich an diesem Tag auch erfahren.

Mir war schon einige Zeit aufgefallen, dass sich die *Nautilus* nur noch im Schneckentempo bewegte – als ob sie etwas Bestimmtes suchte. Außerdem hatte ich den Eindruck, Kapitän Nemo sei an diesem Tag besonders nervös. Nie sah ich ihn so angespannt aus dem Fenster gucken ...

Dann plötzlich traute ich meinen Augen nicht: Direkt vor uns tauchte ganz leibhaftig ein Mensch auf! Damit nicht genug: Er schien sogar ein Zeichen zu machen, wie wenn er uns etwas mitteilen wollte! Ich blickte zu Kapitän

Nemo und wurde neuerlich verblüfft: Auch er machte ein Zeichen! Als ich wieder zum Ausguck sah, war der Taucher verschwunden, so, als wäre es nur ein Spuk gewesen.

Was ging hier vor? Hatte ich Halluzinationen?

„Machen Sie sich keine Sorgen", schien der Kapitän meine Gedanken erraten zu haben. „Sie haben richtig gesehen. Es war ein Mensch, ein Grieche – genauer gesagt, ein Kreter. Man nennt ihn den ‚Fisch', er ist weit und breit der beste Taucher hier. Er arbeitet für mich und für die von den Türken unterjochten Kreter. Ich versorge über ihn die Aufständischen mit Gold, damit ihr Kampf gegen die Unterdrückung hoffentlich bald von Erfolg gekrönt ist."

Ich war sprachlos. Was war dieser Kapitän doch für ein seltsamer, hintergründiger Mensch! Und während ich noch in Gedanken versunken war, schritt der Kommandant zu einem der Schränke im Salon und öffnete mehrere Schlösser.

Ich guckte einmal. Ich guckte noch einmal. Es blendete mich: Der Schrank war ein Tresor – von oben bis unten mit Goldbarren gefüllt! So als handelte es sich um einfache Holzscheite, nahm der Kommandant etliche Barren heraus, packte sie in einen bereitstehenden Koffer und erklärte mir den Sinn seines Tuns:

„Heute Nacht lasse ich sie zur verabredeten Zeit an einen geheimen Ort an der Küste bringen."

Nach diesen Worten verabschiedete sich Kapitän Nemo: „Ich werde Sie rufen lassen, wenn wir den Atlantik erreicht haben."

Meine Hoffnung, von den Tiefen des Mittelmeers einiges in aller Ruhe studieren zu können, erfüllte sich somit nicht. Die *Nautilus* durchquerte nach dem kurzen Zwischenstopp dieses wunderbare Meer sehr zügig. Der Kompass zeigte eine Route, die exakt auf die Straße von Gibraltar wies. Damit war auch Ned Lands Hoffnung, vielleicht irgendwo in Küstennähe einen Fluchtversuch zu unternehmen, hinfällig geworden. Mir war es gerade recht. Je länger diese Reise dauerte, desto weniger fühlte ich mich als Gefangener. Ich wusste, nie wieder würde ich auch nur annähernd eine solche Gelegenheit bekommen. Ich war wahrscheinlich längst angesteckt von Kapitän Nemos Besessenheit. Und die Vorstellung, vielleicht eine komplette Weltumfahrung zu machen, war erregend und faszinierend.

Man stelle sich vor: In zweimal vierundzwanzig Stunden hatten wir das Mittelmeer durchkreuzt. Am Morgen des 18. Februar durchfuhren wir die Meerenge von Gibraltar. Vor uns lag der Atlantik, diese riesige Wasserfläche von fünfundzwanzig Millionen Quadratmeilen! Kapitän Nemo hatte mich, wie versprochen, informieren lassen. Und ich nutzte sofort die Gelegenheit, um auf die Plattform zu steigen. Erst als der Seegang zu extrem wurde, zog ich mich in den Salon zurück. Doch leider waren die Jalousien vor dem Ausguck geschlossen – als sollte mir etwas verborgen bleiben.

„Die Aufzeichnungen sagen, dass wir uns entlang der Iberischen Halbinsel bewegen", klärte mich Ned Land auf. „Wenn die *Nautilus* diese Nacht eine Pause einlegen sollte, haben wir eine letzte Möglichkeit, dieses gottverdammte Schiff noch in Europa zu verlassen. Sind Sie dabei oder nicht, Professor?"

Ich drückte mich um eine klare Antwort. Ich erzählte dem Harpunier etwas von einem bevorstehenden Tauchmanöver, das uns die Flucht unmöglich machen würde. Es war gelogen. Aber ich dachte in diesem Fall sehr egoistisch. Ich hatte das Gefühl, unmittelbar vor einem weiteren Abenteuer zu stehen, das ich keinesfalls verpassen wollte.

Ich hatte Recht. Kaum hatte sich Ned Land missgelaunt zurückgezogen, erschien Kapitän Nemo und verschloss hinter sich die Tür.

„Herr Professor, Sie haben große Augen gemacht, als Sie die Goldbarren gesehen haben. Ich möchte Sie jetzt in das Geheimnis meines Reichtums einweihen. Die *Nautilus* hat gerade eine kleine Unterwasserpause in der Bucht von Vigo eingelegt. Hier wurde im Jahre 1702 eine ganze Flotte von Galeonen versenkt, die Tausende von Tonnen Gold und Silber aus Südamerika geladen hatten. Niemand außer mir hat die Technik in dieser Tiefe den Schatz zu bergen." Der Kommandant betätigte einen Knopf. Die Eisenjalousien hoben sich. Ich wurde Zeuge, wie Kapitän Nemos Leute unvorstellbare Schätze bargen!

Atlantis

Am nächsten Morgen, dem 19. Februar, betrat Ned Land mein Zimmer. Ich hatte seinen Besuch erwartet und sein Gesicht sprach Bände: „Das war vielleicht unsere letzte Chance. Der Kahn nimmt Kurs Südsüdwest. Wir kehren Europa den Rücken."

„Mein lieber Ned", versuchte ich den Kanadier zu trösten, „uns geht es doch wahrlich nicht schlecht. Conseil, Sie und ich haben keine Frau und keine Kinder, die sehnsüchtig auf unsere Rückkehr warten. Lassen Sie uns diesen komischen Ausflug genießen. Eigentlich wären wir doch längst tot ..."

„Ich sehe das gänzlich anders, Herr Professor!" Beleidigt verließ Ned Land mein Zimmer.

Kurz darauf bekam ich erneut Besuch: Kapitän Nemo gab sich die Ehre und war ungewöhnlich gut gelaunt:

„Ich hoffe, Professor, Sie haben diese Nacht von Schatztruhen, Goldbarren und Silbermünzen geträumt und sind trotzdem gut ausgeschlafen."

„Ich kann nicht klagen, Kapitän."

„Darf ich Sie dann heute Nacht zu einem etwas merkwürdigen und anstrengenden Ausflug einladen?"

„Herzlich gerne", gab ich zur Antwort.

„Kommen Sie kurz vor Mitternacht in den Umkleideraum", verabschiedete sich der Kapitän und ließ mich voller Neugier zurück.

Der Tag verging viel zu langsam. Ich merkte, dass die *Nautilus* nur sehr wenig Fahrt machte. Sie hielt sich jetzt etwa auf einer Position von 16 Grad Länge, 33 Grad Breite und einer Tiefe von dreihundert Fuß auf. Die nächste Küste war mindestens einhundertfünfzig Meilen entfernt. Als ich endlich zum Umkleideraum ging, schien es so, als habe das Boot gerade Bodenberührung bekommen.

„Wir verlassen das Schiff heute ohne Lampen", erklärte mir Kapitän Nemo, als uns die Taucherausrüstung angelegt wurde. „Das einzige, was Sie benötigen, ist dieser Stock."

Als ich kurz darauf neben dem Kommandanten auf dem Meeresboden stand, kam ich mir wie ein Wanderer vor, der zu einem Nachtausflug aufbrach: Das Wasser war tiefschwarz. Nur sehr fern – ich schätzte die Entfernung auf zwei Meilen – war eine Art Lichtschein zu erkennen, mal rötlich, mal weißlich. Der Kapitän gab mir mit seinem Stock ein Zeichen und wir gingen los.

Die ersten Schritte waren noch unbeholfen, doch dann gewöhnte ich mich an die Dunkelheit. Der Kommandant schritt zügig voran und ich kam kaum dazu, meine Umgebung wahrzunehmen. Ich spürte nur, wie der Boden merklich anstieg und zunehmend fester wurde. Und ich sah, je weiter wir gingen, dass der Lichtschein langsam, aber deutlich kräftiger wurde. Nach einer halben Stunde

Marsch war der Boden richtig steinig. Medusen, mikroskopisch kleine Krustentierchen und Federkorallen erhellten ihn leicht mit phosphoreszierendem Schein.

Es dauerte nicht lang und ich hatte mein Zeitgefühl vollends verloren. Vor mir schritt der Kapitän unverändert sicher und zügig – so, als kenne er diese Gegend sehr genau. Noch weiter vorne, sozusagen am Horizont, der keiner war, wurde es immer heller, rötlich hell, als hätte jemand unter Wasser ein riesiges Feuer entzündet.

Und dann wurde es unheimlich! Vor uns entfaltete sich so etwas wie ein vertrockneter Wald – mitten im Nass! Riesige Baumstümpfe, umgefallene Stämme und Wurzelwerk machten uns den Aufstieg durch immer rauere und felsigere Landschaft schwer. Hier und da erkannte ich Höhlen und Grotten, in deren Schatten sich Krebse mit Riesenscheren, Hummer mit ungeheuren Zangen, titanische Krabben und schreckenerregende Kraken aufhielten. Vor mir lag ein Berggipfel ... Wo führte mich Kapitän Nemo hin? Welches Licht wies uns den Weg?

Die letzten Schritte auf den Gipfel waren getan, mir stockte der Atem, ich traute meinen Augen nicht: Vor mir breitete sich eine ganze Ruinenstadt aus ... mit eingestürzten Dächern, zerstörten Tempeln, eingefallenen Toren, gebrochenen Säulen, Resten eines gigantischen Aquädukts. Dahinter erkannte ich Spuren einer Mole, als wäre dort vor Urzeiten ein Hafen gewesen.

Wo war ich? Wo war ich nur?

Am liebsten hätte ich mir den Kupferhelm abgerissen, um Kapitän Nemo zu fragen. Er musste es wissen. Er hatte mich ganz gezielt an diesen einmaligen Ort geführt ...

Der Kommandant schien meine Frage zu ahnen. Er trat auf mich zu und hielt inne, als wolle er meine Ergriffenheit erst noch genießen. Dann bückte er sich, hob ein Stück Kreidestein auf, ging zu einem schwarzen Basaltfelsen und schrieb ein einziges Wort: ATLANTIS.

Es durchfuhr mich wie ein Blitz. Es gab sie also doch, die sagenumwobene alte Hauptstadt von König Theopompes! Generationen von Denkern und Wissenschaftlern hatten darum gestritten und sich nie einigen können. Und ich stand nun hier und konnte mit eigenen Händen die Ruinen berühren, konnte mich ungehindert in den Stätten bewegen, wo vor Abertausenden von Jahren das Volk der Atlantiden gelebt hatte und auf unvergleichlich tragische Weise von heute auf morgen vom Erdboden verschwunden war ...

Erst jetzt wurde mir bewusst, warum ich das alles sehen konnte – weshalb dieses fantastische Panorama von gleißender Helligkeit bestrahlt wurde: Dieser Berg, den ich mit Kapitän Nemo über gewundene Pfade bestiegen hatte, war in Wirklichkeit ein Vulkan. Fünfzig Fuß unter dem Gipfel, auf der uns abgelegenen Seite, spie ein großer Krater Ströme von Lava aus. Feurige Kaskaden ergossen sich in die Wassermassen ... Ich muss es genauer ausdrücken: Der Unterwasserkrater spie keine Flammen, denn dazu hätte er Sauerstoff benötigt. Er wälzte Lavaströme aus sich heraus,

Lavaströme die weiß glühten und durch ihre enorme Hitze das nasse Element einfach verdampfen ließen. Dabei strömte die Lava ungehindert den Berg hinunter.

Wie lange schon?

Keiner wird es je sagen können.

In ungeahnten Tiefen

Am nächsten Tag, dem 20. Februar, erwachte ich erst um elf Uhr – die Strapazen der Nacht hatten meinen Schlaf verlängert. Ich kleidete mich schnell an, denn ich war neugierig, welchen Weg die *Nautilus* jetzt nahm. Die Instrumente zeigten Südkurs. Die Geschwindigkeit betrug zwanzig Meilen die Stunde, bei einer Tiefe von hundert Metern.

Als Conseil den Salon betrat, um mit mir, wie meistens um diese Zeit, zu arbeiten, musste ich ihm erst einmal von meinem nächtlichen Abenteuer berichten. Aber den bedächtigen Flamen ließen solche Sensationen weitgehend kalt. Ihm war es lieber, mit mir vor dem Ausguck zu sitzen, die Tier- und Pflanzenwelt zu beobachten und sie biologisch exakt zu klassifizieren.

Ich tat ihm den Gefallen. Auch der Atlantik enthielt eine ungemein reichhaltige Auswahl an Fischen, von denen etliche entweder an Größe, Farbe oder Form Überraschungen boten. So entdeckten wir drei Meter lange schwärzliche Makairen, Drachenfische in buntester Färbung und mit stacheliger Rückenflosse, schöne Doraden, Gotteslachse, Schwertfische von acht Metern Länge und mit einem Schwertfortsatz am Maul von sechs Fuß. Und dazwischen hielt sich natürlich das auf, was wir kaum noch registrierten: Rochen von Größen bis zu fünf Metern, Haie, Störe, Seenadeln und unendlich viele Tiere mehr ...

Die Stunden vergingen fast unbemerkt und mein braver Conseil und ich hätten noch ewig weitergearbeitet, wenn nicht plötzlich am südlichen Horizont so etwas wie eine Mauer aufgetaucht wäre. Sie schien nirgends durchbrochen, ihre Krone überragte offenbar den Meeresspiegel – wahrscheinlich hatten wir eine der Kanarischen oder Kapverdischen Inseln erreicht.

Die *Nautilus* verlangsamte ihre Fahrt drastisch. Gespannt beobachteten Conseil und ich, wie und wo unser Schiff dieses Hindernis umgehen wollte. Da geschah nicht zum ersten Mal etwas, was mich erschreckte und auch ärgerte: Vor unseren Augen schlossen sich die Jalousien. Uns sollte offensichtlich etwas vorenthalten werden.

Ich schickte Conseil in seine Kabine und beschloss, Kapitän Nemo aufzusuchen. Ich ging die Räume ab, die mir zugänglich waren. Der Kommandant war nirgendwo zu entdecken. Ich betrachtete den Druckmesser und stellte fest, dass die *Nautilus* inzwischen an der Oberfläche des Ozeans lag – der Geschwindigkeitsmesser zeigte auf Null. Wir legten offenbar eine Pause ein oder mussten die Sauerstoffvorräte erneuern. Ich schlenderte in Richtung Ausstieg, denn meistens war er bei diesem Anlass offen – eine gute Gelegenheit, sich eine frische, salzige Brise um die Ohren wehen zu lassen.

Ich wollte mich beeilen, um nur ja keine Minute dieses Freiheitsgefühls zu verpassen. Da stutzte ich, hielt inne:

Irgendetwas war anders als sonst! Ich lauschte. Oben auf der Plattform hörte ich Schritte ... aber irgendetwas anderes fehlte! Ich ging langsam und mit klopfendem Herzen bis zur Ausstiegsluke vor und verharrte erneut: Wieso hörte man nicht den Wellenschlag? Wieso war es da oben dunkel??

Ich stieg hinauf und zweifelte an meinem Verstand: War es schon Nacht? Hatte mich mein sonst so verlässliches Zeitgefühl verlassen?

„Sind Sie es, Professor?“

Die vertraute Stimme von Kapitän Nemo beruhigte mich etwas. Ich antwortete mit einem unsicheren „Ja“ und versuchte, etwas zu erkennen. Da plötzlich wurde es hell, unnatürlich und phosphoreszierend hell. Und ich war nicht minder verwirrt als zuvor: Die *Nautilus* lag in ruhigem Gewässer, rundum eingeschlossen von kraterartigem Felsgebilde. Und nur weit oben über uns war ein schwacher Lichtschein zu erkennen – der Himmel!

„Herr Aronnax, Sie befinden sich hier im Herzen eines erloschenen Vulkans. Es ist sozusagen mein Winterhafen, den ich durch einen natürlichen Kanal in zehn Meter Tiefe erreiche. Hier bin ich vor Entdeckung und vor allen Launen und Tücken des Windes geschützt. Hier können meine Leute in aller Ruhe unsere Vorräte auffüllen. Hier, wo in alten Zeiten ausgedehnte Wälder wuchsen, lagern riesige Steinkohle-Massen. Wenn Sie die Zeit nutzen wollen, können Sie mit Ihren Freunden einen kleinen Ausflug auf dieser Lagune machen.“

Ich nahm das Angebot selbstverständlich an. Auch meine Gefährten hatten nichts dagegen, mal wieder auf festem Boden zu gehen – vor allem Ned Land nicht.

Ihn hatte, wie üblich, das Jagdfieber gepackt. Denn als wir auf unserem Rundweg um den idyllischen Lagunensee waren, tauchten auch prompt Tiere auf, die sich – durch welchen Zufall auch immer – an diesem geheimen Platz angesiedelt hatten.

„Ich will endlich mal wieder Fleisch essen!“, schimpfte der Harpunier und betrieb die Jagd auf seine Weise.

*

Es war ein merkwürdiges Leben, das ich seit geraumer Zeit führte und wahrlich kein langweiliges. An einem Tag wanderte ich durch eine versunkene Kultur. An einem anderen am Rande eines erloschenen Kraters. Und in der nächsten Nacht wachte ich von Tönen auf, die man gewöhnlich nur auf dem Festland und dort nur an sehr feierlichen Plätzen vernimmt.

Ich hatte die melancholischen Klänge schon öfter des Nachts gehört: Immer dann, wenn die *Nautilus* irgendwo in der Wüste des Ozeans schlummerte und Kapitän Nemo die Besatzung des Schiffes schlafend wähnte, setzte er sich an seine wertvolle Orgel und spielte mit viel Ausdruck wunderschöne Musik . . .

Ein anderes Erlebnis sollte ich nicht unerwähnt lassen: den Besuch des Saragassomeeres! Wir hatten uns, wie angekündigt, eine Zeitlang in dem Krater aufgehalten, damit Kapitän Nemos Leute dort in aller Ruhe unter Wasser nach Kohle schürfen konnten. Noch vor Ort wurde dieser wertvolle Bodenschatz in großen Mengen verbrannt, um Natrium zu gewinnen.

„Die Besatzung zufällig vorbeifahrender Schiffe wird denken, der aufsteigende Rauch komme direkt aus dem Vulkan. Entdecken kann uns niemand, denn der einzige Zugang ist unter Wasser. Und den kennt und schafft nur die *Nautilus*", hatte mich Kapitän Nemo aufgeklärt und dabei überlegen gelächelt.

Trotzdem war ich froh, als wir die düstere Höhle verlassen hatten. Nach kurzer Tauchstrecke ging die *Nautilus* an die Oberfläche und nahm einen streng südlichen Kurs quer durch den Atlantik. Ich hatte mich auf der Karte vergewissert und sah meine Vermutung bestätigt: Wir steuerten einen einzigartigen Teil dieses Meeres an.

Jedermann weiß von dem großen Warmwasserstrom, den man Golfstrom nennt. Nachdem er die Florida-Straße hinter sich gelassen hat, fließt er gen Spitzbergen. In der Nähe des 44. nördlichen Breitengrades teilt er sich in zwei Arme. Der Hauptarm zielt gegen die Küste Irlands und Norwegens. Der zweite macht auf der Höhe der Azoren eine Biegung nach Süden, fließt entlang der afrikanischen Küste, beschreibt dann ein langgezogenes Oval, kommt in

Richtung der Antillen zurück und fließt schlussendlich in den Golf von Mexiko ein.

Dieser zweite Arm umfasst mit seinem Warmwasserstrom den kalten, stillen, unbeweglichen Teil des Ozeans – das sogenannte Saragassomeer. Man könnte auch sagen: Es ist ein See mitten im Atlantik und die Wasser des großen Stromes brauchen nicht weniger als drei Jahre, um ihn zu umfließen. Bis vor kurzem hatte auch ich, wie viele andere Forscher, gedacht, das Saragassomeer bedecke in seiner ganzen Ausdehnung genau das ehemalige Atlantis. Einige behaupteten sogar, dass die vielen Gräser, mit denen das Saragassomeer übersät ist, von den Wiesen dieses alten Kontinents stammen.

Es sind indes nicht nur Pflanzen, Algen und Tang, die hier das Meer in großer Dichte bedecken. Man fährt auch in ein Wirrwarr von Wrackteilen, Baumstämmen und schwimmbaren Naturalien – zusammengetragen wahrscheinlich aus all den Gebieten, wo die Arme des Golfstroms hingreifen ...

Bekanntlich hatte ja auch Kolumbus größte Probleme, dieses Meer mit seinen Karavellen zu durchschiffen. Bei seiner Durchquerung verlor er drei volle Wochen, was seine Mannschaft in Angst und Schrecken versetzte.

Kapitän Nemo löste dieses Problem auf seine Weise: Er gab den Befehl abzutauchen. So hatte ich die einmalige Gelegenheit, nicht nur das ganze Wirrwarr von unten zu betrachten, ich konnte mich auch in aller Ruhe dem Studium der Flora und Fauna in diesem Gebiet widmen.

Inmitten des Gewebes von Gräsern und Tang entdeckte ich reizvolle rosarote Lederkorallen, Seerosen mit unzähligen langen Tentakeln, grüne, rote und blaue Medusen und vor allem große Wurzelquallen mit bläulichem, violett gesäumtem Schirm.

Einen ganzen Tag verbrachten wir im Saragassomeer. Tags darauf hatte der Atlantik wieder sein gewohntes Aussehen. Doch welchen Kurs schlug die *Nautilus* jetzt ein? Was war das nächste Ziel von Kapitän Nemo?

Ich kann es kurzfassen: Neunzehn Tage lang hielt sich das Unterseeboot in der Mitte des Atlantiks, fernab von allen Gestaden, auf. Es legte alle vierundzwanzig Stunden konstant einhundert Meilen zurück. Und ich zweifelte nicht daran, dass der Kommandant nach der Umschiffung von Kap Hoorn in die südlichen Meere des Pazifiks zurückkehren wollte.

Einer, der diese mehr oder weniger ereignislosen Tage als große Qual empfand, war Ned Land. Er war nach wie vor wütend, keine Fluchtgelegenheit im Bereich des europäischen Kontinents genutzt zu haben. Aber auch ich dachte jetzt an eine mögliche Beendigung der Reise. Ich spielte mit dem Gedanken, Kapitän Nemo hochoffiziell um „Freilassung“ zu bitten. Wir konnten schwören, seine Existenz und die der *Nautilus* nie zu enthüllen. Und selbst wenn wir von unseren Erlebnissen erzählen würden: Wer auf der ganzen Welt würde auch nur einem unserer Worte Glauben schenken?

Ein Ereignis bei der Durchquerung des Atlantiks sollte ich vielleicht noch erwähnen: Eines Tages – wir befanden uns gerade ausnahmsweise über Wasser – kreuzten wir die Wege eines Walfängers. Irgendetwas musste die Schiffsbesatzung fürchterlich munter gemacht haben, denn urplötzlich waren wir von mehreren Booten verfolgt ... zweifellos hielt man uns für einen kapitalen Wal, den man unbedingt erlegen musste. Eine kurze Zeit machte Kapitän Nemo das Spielchen mit. Dann gab er Befehl zum Abtauchen – eine willkommene Gelegenheit für mich, in großer Ruhe die ganzen Scharen von Delphinen zu beobachten, die uns tagelang das Geleit gaben. Sie schwammen in Gruppen zu fünft oder sechst und waren ständig auf Jagd nach kleineren Fischen, vor allem nach fliegenden. Die konnten fliegen, wie sie wollten – auch über die *Nautilus* hinweg –, sie landeten verlässlich in einem offenen Delphinmaul.

So fuhren wir bis zum 13. März. Jetzt befanden wir uns auf 45 Grad 37 Minuten südlicher Breite und 37 Grad 53 Minuten westlicher Länge – genau an der Stelle, wo berühmte Wissenschaftler Tiefenlotungen vorgenommen hatten und die unfassliche Meerestiefe von über fünfzehntausend Metern festgestellt hatten.

„Ich möchte diese Messungen überprüfen", erklärte mir Kapitän Nemo mit einem Blick, den man als fanatisch bezeichnen kann. „Wir werden es uns allerdings nicht so einfach machen wie diese sogenannten Fachleute. Wir werden die Sache vor Ort untersuchen."

Hatte ich recht gehört? Wollte der Kommandant sein zweifelsohne leistungsfähiges Schiff einer Tiefe von mehr als fünfzehn Kilometern und einem Druck von fast tausendsechshundert Atmosphären aussetzen? Es war so und ich wurde Zeuge einer atemberaubenden Unternehmung: Nicht, wie ich zunächst vermutet hatte, durch Auffüllung des Wassertanks beschwert! Nein. Die *Nautilus* setzte mit ausgefahrenen Flügeln und einer auf Höchstgeschwindigkeit drehenden Schraube zu dieser Tauchaktion an. Der Rumpf des Bootes erbebte. Im Eiltempo konnte ich das Leben in den verschiedenen Meeresschichten an mir vorüberziehen sehen ... erst noch reichhaltig und bunt, dann immer karger, während das Wasser immer durchsichtiger zu werden schien.

Nach einer Stunde hatten wir die unglaubliche Tiefe von dreizehntausend Metern erreicht. Von einem Meeresgrund war nichts zu erkennen.

Bei vierzehntausend Metern sah ich plötzlich schwärzliche Gipfel, die mitten im Wasser aufragten und die die *Nautilus* sozusagen seitlich liegen ließ. Immer noch hatte Kapitän Nemo keinen Befehl zum Maschinenstopp gegeben, obwohl es mir so vorkam, als würden die Eisenplatten zittern, die Schotten ächzen und die Scheiben des Salons sich unter dem Druck des Wassers krümmen.

Zu meiner Verblüffung entdeckte ich auf den Felsen, an denen wir entlang tauchten, noch einige Muschelschalen, lebende Kalkröhrenwürmer, Pumpwürmer und einige Arten von Seesternen.

Aber auch diese letzten Vertreter des Tierreichs schwanden bald. Bei fünfzehntausend Metern hatte die *Nautilus* die Grenze jeglichen Wachstums passiert. Bei sechzehntausend Metern verlor ich jede Beherrschung:

„Was für ein Abenteuer!“, rief ich. „Wir fahren durch Tiefen, die noch kein Mensch besucht hat. Sehen Sie diese großartigen Felsen, Kapitän, diese unbewohnten Grotten, diese letzten Schlupfwinkel der Erde! Welch unglaublicher Anblick ... warum bleibt uns nicht mehr davon als die Erinnerung?“

„Würde es Ihnen Freude bereiten, mehr als nur eine Erinnerung daran zu besitzen?“, fragte mich der Kommandant.

„Was wollen Sie damit sagen?“

„Nichts ist leichter, als eine fotografische Aufnahme dieser Unterwasserlandschaft zu machen.“

Und ehe ich so recht verstanden hatte, was das bedeutete, hatte der Kapitän einen fotografischen Apparat nebst Objektiv kommen lassen. Das Instrument wurde auf den Meeresboden gerichtet und in wenigen Sekunden hatten wir ein Negativ von äußerster Schärfe.

Abenteuer am Südpol

Mir blieb nicht viel Zeit, dieses außerordentliche Erlebnis zu verarbeiten. Man stelle sich vor: In vier Minuten hatte die *Nautilus* den Rückweg von sechzehntausend Metern an die Oberfläche des Ozeans zurückgelegt. Wie ein fliegender Fisch war sie aus dem Wasser geschossen und trotzdem noch einigermaßen sanft wieder in die Wogen eingetaucht – ein Gefährt, das wohl ewig seinesgleichen suchen wird.

Ned Land, Conseil und ich waren aber nicht nur in einem sensationellen und fantastischen Fortbewegungsmittel. Wir waren auch nach wie vor in den Händen eines Menschen, der ohne Zweifel die Grenzen der menschlichen Kreatur suchte, der offenbar auch bereit war darüber hinauszugehen.

Was, zum Beispiel, suchte Kapitän Nemo im tiefsten Süden des Erdballs?

Weshalb machte er nicht kehrt – dort, wo uns nur noch Kälte und Eis erwartete?

Insgeheim musste ich schon Ned Land Recht geben. Seine Befürchtungen, einem Wahnsinnigen ausgeliefert zu sein, waren nicht mehr so abwegig. Der Kanadier war inzwischen kaum noch ansprechbar. Er redete kein Wort mehr von Flucht, aber ein düsteres Feuer lag in seinen

Augen. Ich hatte mittlerweile die Befürchtung, er könne sich zu einer Unbesonnenheit hinreißen lassen.

Am 14. März suchte er mich zusammen mit Conseil in meinem Zimmer auf:

„Wir haben Ihnen eine einfache Frage zu stellen, mein Herr", sagte der Kanadier in kühlem Ton.

„Sprechen Sie, Ned."

„Was glauben Sie, wie viele Leute sich an Bord der *Nautilus* befinden?"

Ich wusste nicht sofort zu antworten.

„Mir scheint, das Schiff braucht keine große Besatzung", sagte der Harpunier mit hintergründigem Tonfall.

„Zehn Mann sollten genügen", sagte ich, ohne zu durchschauen, worauf Ned Land mit seiner Frage hinauswollte.

„Und warum sind dann soviel mehr an Bord?", fragte er weiter und sah mich durchdringend an. „Es sind mindestens sechzig, wenn ich dieses Gefängnis richtig überblicke!"

Ned Land hatte Recht. Wir hatten zwar nie Gelegenheit gehabt, die ganze Mannschaft zu sehen und nach wie vor war ein großer Teil des riesigen Schiffes nicht zugänglich für uns. Es waren uns aber inzwischen so viele Gesichter begegnet, dass ich die Zahl der Besatzung eher noch höher schätzte.

„Wollen oder können Sie mir meine Frage nicht beantworten, Herr Professor?"

Ich sah Ned Land an. Bisher hatte er noch nicht in diesem Ton mit mir gesprochen. Sein Gesicht war sehr angespannt und ich verzichtete darauf, ihn noch mehr zu reizen.

„Mein lieber Ned Land", sagte ich möglichst freundlich, „auch mir bleibt vieles verborgen. Ich habe aber eine Vermutung: Es handelt sich hier nicht um ein Schiff mit der üblichen Besatzung. Die *Nautilus* ist möglicherweise auch ein Zufluchtsort für diejenigen, die wie der Kommandant alle Beziehungen zur Welt abgebrochen haben."

„Wie tröstlich", sagte der Kanadier mit unüberhörbar ironischem Unterton und verließ abrupt den Raum.

Auch Conseil schaute nicht gerade freundlich drein. Gerne hätte ich ihm ein paar beruhigende Worte gesagt. Aber die Wirklichkeit sah wenig tröstlich aus. Die *Nautilus* hielt nach wie vor konsequent Südkurs. Wir hatten derweil den 55. Breitengrad passiert und ein völlig neues Phänomen bannte unsere Blicke: Wir fuhren durch Treibeis! Zunächst waren es noch Schollen von zwanzig bis fünfundzwanzig Fuß Länge. Bald aber tauchten schon kompaktere Blöcke auf. Und je weiter wir nach Süden vorstießen, desto zahlreicher und größer wurden die Inseln. Darauf nisteten zu Tausenden Polarvögel: Sturmvögel, Kap-Tauben und Tölpel erfüllten mit ihrem schrillen Geschrei unsere Ohren.

Sooft ich konnte, hielt ich mich auf der Plattform auf und war nur mit einem Gedanken beschäftigt: Steuert Kapitän Nemo etwa den Südpol an?

Alles deutete auf diese verrückte Idee. Die Eismassen wurden zunehmend dichter. Einige Inseln erstreckten sich jetzt schon über mehrere Meilen und erreichten eine Höhe von zirka achtzig Metern. Oft schien der Horizont von Eis völlig überdeckt. Und auf der Höhe des sechzigsten Breitengrades war kaum mehr eine Fahrrinne zu finden.

Dann und wann erschien Kapitän Nemo auf der Plattform. Er hatte ein ungewöhnlich angespanntes Gesicht, hielt meist nur kurz Ausschau und verschwand wieder. Er schien jetzt die Route ständig persönlich zu kontrollieren – kein Wunder bei diesen extremen Bedingungen. Die Temperatur war inzwischen auf einige Grad unter Null gesunken, so dass man sich draußen nur noch aufhalten konnte, wenn man in dicke Seehund- oder Eisbärpelze gehüllt war. Die Tage waren jetzt im März in dieser Region noch ziemlich lang. Zwei Monate vorher hätten wir in diesen Breiten ununterbrochen Tag gehabt. Schon bald würde das Polargebiet sechs Monate lang in dauerhaftes Dunkel getaucht sein ...

Am 15. März passierten wir die Süd-Shetland- und die Süd-Orkney-Inseln. Am 16. März, gegen acht Uhr morgens, durchschnitt die *Nautilus*, dem fünfundfünfzigsten Meridian folgend, den Südlichen Polarkreis. Die Eismassen umgaben uns nun von allen Seiten. Oft sah es so aus, als seien wir im Eis gefangen, als gäbe es keine Durchfahrt mehr. Zuweilen wurde jetzt auch die Sicht schlechter.

Manchmal war unser Schiff in Nebelschwaden gehüllt und zwischendurch begann es auch zu schneien. Das Thermometer fiel fortlaufend und stand inzwischen auf zehn Grad unter Null. Der Wind drehte sprunghaft und kam aus allen Himmelsrichtungen. Auf der *Nautilus* bildete sich eine Eisschicht, während sie sich wie ein Keil in die eisigen Massen schob und jedes Hindernis mit grässlichem Krachen zerschmetterte.

Es waren inzwischen zwei weitere Tage vergangen, ohne dass sich Entscheidendes veränderte. Der Kompass spielte seit kurzem verrückt: Seine Magnetnadel zeigte nach den verschiedensten Richtungen – ein sicheres Zeichen, dass wir uns dem magnetischen Erdpol näherten. Und dann geschah das, was mir Ned Land bei einem kurzen Wortwechsel angekündigt hatte: Die Fahrt der *Nautilus* wurde schlagartig gebremst. Sie hatte die sogenannte Eisbarriere erreicht.

„Hier ist die Welt zu Ende", sagte der Kanadier, der dieses Gebiet schon mehrfach mit Walfängern befahren hatte.

Für Kapitän Nemo offensichtlich nicht!

Er war mal wieder durch die Luke nach draußen gestiegen, um das Desaster mit eigenen Augen zu sehen.

„Nun, Herr Professor, was halten Sie von unserer Situation?", sprach er mich seit längerer Zeit wieder an.

„Wie mir scheint, sitzen wir in der Falle", lautete meine Antwort.

„In der Falle! Wie meinen Sie das?"

„Ich meine, dass ein Vorwärtskommen nicht mehr möglich ist. Und zurück geht es wohl auch nicht mehr so einfach, weil wir zu dieser Jahreszeit kaum auf Tauwetter, besser gesagt, auf Eisbruch hoffen dürfen."

„Wir fahren zum Pol!", sagte Kapitän Nemo mit fester Stimme. „Wie Sie wissen, mache ich mit der *Nautilus*, was ich will."

Ja, ich wusste es inzwischen. Dieser Mann kannte keine Grenzen. Er war wagemutig bis zur Tollkühnheit. Wie er aber eine Eisbarriere überwinden wollte, die bis jetzt jedes Forscherschiff gestoppt hatte, das war mir ein unlösbares Rätsel.

„Wir durchbrechen sie, indem wir unter ihr durchtauchen", wurde ich belehrt. „Da das vor uns liegende Eisgebirge nicht höher als hundert Meter ist, beträgt auch der Tiefgang nicht mehr als dreihundert Meter. Und was sind so ein paar Meterchen schon für meine *Nautilus*?"

Am 19. März hatte unser Schiff die Eisbarriere über-, besser gesagt, unterwunden. Sie hatte freies Gewässer erreicht und ich stand zusammen mit dem Kapitän und Conseil auf festem, eisigem Boden!

Das Beiboot hatte uns zu einer Insel gebracht, die nicht nur aus Eis ... sondern auch aus Fels bestand! Der Boden war über eine weiten Strecke aus rotem Tuff. Schlacke, Laströme und Bimsstein bedeckten ihn. Der vulkanische Ursprung war nicht zu verkennen, zumal an einigen Stellen aus Spalten Schwefelgeruch entstieg: Auch hier hatte das Feuer im Erdinneren seine ungeheure Kraft noch nicht eingebüßt. Zwei Spekulationen von Wissenschaftlern waren durch diese wagemutige und abenteuerliche Unternehmung der *Nautilus* bestätigt worden: Die Antarktis wies einen festen Boden auf, denn Eisberge können sich nicht im offenen Meer bilden, sondern nur an Küsten. Die riesige Eismasse, die den Südpol bedeckt, ist eine Art große Mütze von gut viertausend Kilometern Breite. Außerdem gibt es am Südpol wie auch am Nordpol freies Meer. Die Kältepole und die Erdpole fallen weder in der südlichen noch in der nördlichen Hemisphäre zusammen.

Für einen Mann wie Kapitän Nemo jedoch waren solche Entdeckungen längst noch nicht genug.

„Ich möchte genau wissen, wo der Südpol liegt", verkündete mir der Kommandant. „Ich will ihn als erster Mensch betreten. Und Sie, Herr Professor Aronnax, können mich dabei begleiten."

Ich war zutiefst beeindruckt. Und ich gestehe: Ich war auch stolz.

An eine exakte Berechnung war aber im Augenblick nicht zu denken. Dazu war freie Sicht auf die Sonne zur Mittagszeit nötig – der Himmel aber war im Moment mit Nebelschwaden verhangen. Wir mussten stattdessen mit anderen Beobachtungen vorliebnehmen:

Die Vegetation dieses einsamen Kontinents machte einen spärlichen Eindruck. An den Felsen breiteten sich einige Flechten aus. Ansonsten entdeckte ich nur mikroskopisch kleine Pflanzen, Kieselalgen, Einzeller in verkieselten Quarzschalen und auf dem Wasser purpurnes und karminrotes Seegras, das kleine Schwimmblasen besitzt.

Die Ufer selbst waren von kleinen Muscheln und Schnecken übersät. Im seichten Wasser wuchsen Korallenbüsche und in tieferem Wasser war der Boden fast teppichartig mit Seesternen bedeckt. Umso reicher aber war das Leben in den Lüften. Dort flogen und flatterten die Vögel zu Tausenden. Die Auswahl reichte von Sanderlingen aus der

Familie der Watvögel und rußfarbenen Albatrossen mit einer Flügelweite von vier Metern bis zu riesigen Sturmvögeln, Kaptauben und einer ganzen Reihe von Tauchvögeln.

Viel, viel attraktiver aber wurde die Fauna, nachdem Kapitän Nemo eine neue Anweisung gegeben hatte: „Wir müssen noch einige Meilen weiter. Mein Gefühl sagt mir, wir haben den Südpol noch nicht ganz erreicht. Vielleicht wird bis dahin auch das Wetter besser."

Wer wollte dem Kommandanten widersprechen? Ohne wieder tauchen zu müssen, bewegte sich die *Nautilus* jetzt fast gemütlich auf ruhigem Wasser fort. Und ich konnte mit Conseil großartige Tierstudien machen: Unmengen von Pinguinen, Seehunden und Walrossen lebten hier ungestört und ohne Angst vor den Menschen, die fast überall sonst auf der Welt Jagd auf diese schönen Tiere machten und dabei waren, sie völlig auszurotten ...

Und dann war es soweit! Nach einigen heftigen Schneestürmen hatte das Unterwasserboot seine Fahrt in dieser Region endgültig eingestellt. Ein Lebensziel von Kapitän Nemo schien in greifbarer Nähe: der Südpol.

Ein zweites Mal wurde das Beiboot mit Messinstrumenten, das heißt Chronometer, Barometer und Fernrohr bestückt.

Kapitän Nemo und ich fuhren an Land und kletterten auf einen eisüberzogenen Berg.

Und um genau zwölf Uhr, am 21. März 1868, nach einer exakten Messung, konnte Kapitän Nemo seine schwarze

Flagge hissen und ausrufen: „Hiermit nehme ich den sechsten Kontinent in meinen Besitz!“

Es war ein ungemein ergreifender Moment und das Schicksal hatte ausgerechnet den Tag für dieses sensationelle Ereignis auserkoren, an dem die Sonne für ein halbes Jahr unter dem Horizont verschwindet und diesen abgelegenen Teil der Erde in tiefste Dunkelheit hüllt.

Kapitän Nemo und ich hatten nicht viel Zeit, unser gemeinsames Erlebnis nachwirken zu lassen. Am nächsten Morgen, dem 22. März, um sechs Uhr, begannen die Vorbereitungen zum Aufbruch. Das letzte Licht der Dämmerung verschmolz mit der Polarnacht. Am Himmel leuchteten die verschiedenen Sternbilder und am hellsten das Kreuz des Südens: Das Thermometer zeigte jetzt zwölf Grad unter Null. Der Wind wurde kälter und schneidend. Auf dem Wasser trieben immer mehr Eisschollen – Anlass genug für die *Nautilus*, die Wassertanks zu füllen und abzutauchen. Bei etwa tausend Fuß Tiefe hielt das Unterseeboot inne. Seine Schraube wühlte die Fluten auf. Mit einer Geschwindigkeit von fünfzehn Meilen pro Stunde bewegten wir uns genau gen Norden.

Gegen Abend schon befand sich die *Nautilus* wieder unter dem riesigen Eisschild der sogenannten Barriere. Vorsichtshalber waren die Eisenjalousien im Salon geschlossen worden, denn es konnte jederzeit zu einem Zusammenstoß mit einem unter Wasser schwimmenden Eisblock kommen. Ich hatte mich in mein Zimmer zurückgezogen, um meine

Aufzeichnungen zu ergänzen. Außerdem war mir nach viel Schlaf zumute.

Seit fünfeinhalb Monaten waren wir unterwegs. Vierzehntausend Meilen – mehr als der Erdumfang misst – hatten wir zurückgelegt. Irgendwie kam es mir nun wie das Ende unserer Reise vor. Was Aufregendes mehr sollten wir denn noch erleben?

Um drei Uhr in der Nacht wurde ich durch einen heftigen Stoß geweckt. Genauer gesagt: Ich wurde aus meinem Bett geschleudert und hatte Mühe, mich in meinem Zimmer zurechtzufinden. Ich kroch im Dunkeln auf einem plötzlich abfallenden Boden zur Tür und gelangte auf diese seltsame Weise bis in den Salon.

Dort brannte Licht, aber es sah chaotisch aus. Die Möbel hatten sich aus ihrer Verankerung gerissen und waren nach einer Seite gerutscht: Das ganze Schiff hatte eine erhebliche Neigung nach steuerbord und bewegte sich offenbar nicht mehr.

Ich hörte Schritte und aufgeregte Stimmen. Ned Land und Conseil erschienen, einigermaßen aufrecht. Doch der Schreck stand den beiden ins Gesicht geschrieben.

„Was ist passiert?“, fragte ich sie und bekam eine wenig beglückende Antwort und eine Menge Flüche zu hören:

„Die *Nautilus* ist aufgelaufen . . .“

Kurze Zeit später erschien Kapitän Nemo. In seinem sonst so ausgeglichenen Gesicht war deutlich Unsicherheit und Besorgnis zu erkennen.

„Ein Zwischenfall, Kapitän?“

„Nein, mein Herr“, gab er zurück. „Dieses Mal handelt es sich um einen Unfall.“

Mit hastigen Bewegungen prüfte er den Druckmesser, las den Kompass ab und studierte die Karte.

„Besteht irgendeine Gefahr?“, fragte ich und bemühte mich um eine ruhige Stimme.

„Nein“, erwiderte Kapitän Nemo. „Wir befinden uns in dreihundertsechzig Meter Tiefe und eine Laune der Natur hat ausgerechnet in dem Moment, als wir vorbeifuhren, einen riesigen Eisblock – man könnte auch sagen: einen ganzen Berg – umgekippt. Das passiert manchmal, wenn diese Kolosse von unten ausgehöhlt werden und dabei ihren Schwerpunkt verlagern. Dummerweise hat uns dieser Block gleich mit in die Tiefe gerissen und eingeklemmt.“

Der Kommandant erzählte das alles so, als handle es sich um ein kleines, alltägliches Missgeschick ...

„Kann man das Schiff nicht freibekommen, indem man seine Tanks entleert und es dem Eisblock sozusagen davonschwimmt?“, schlug ich vor.

„Dies geschieht gerade“, sagte der Kapitän und ließ den Blick nicht vom Druckmesser.

Plötzlich spürten wir eine leichte Bewegung. Wir merkten, wie sich der Boden auf der tiefer liegenden Seite langsam, aber stetig hob, bis er letztlich wieder die horizontale Lage erreicht hatte.

Erleichtert sagte Kapitän Nemo: „Wir sind wieder flott.“

Er verließ eilig den Salon, während Ned Land und ich uns ansahen.

„Wir haben Glück gehabt", sagte Conseil.

„Möge es stimmen", brummte Ned Land.

Ich verzichtete auf eine Bemerkung, weil ich den Kanadier nicht unnötig provozieren wollte. Außerdem öffneten sich jetzt – wohl auf ferngesteuerten Befehl vom Kommandanten – die Jalousien im Salon und ein weißglitzerndes Panorama tat sich vor uns auf: Im Licht der mächtigen *Nautilus*-Lampen sahen wir einen etwa zwanzig Meter breiten Eistunnel, in dem das Schiff steckte!

Ich blickte völlig fasziniert nach draußen: Die unregelmäßig geformten Blöcke, die uns umgaben, reflektierten das elektrische Licht. Jeder Winkel, jeder Grat, jede Facette strahlte in einer anderen Form. Man hatte den Eindruck, mitten in einer Juwelenmine zu schwimmen. Und selbst der sonst so zurückhaltende Conseil rief ein ums andere Mal:

„Wie schön das ist! Wie schön das ist!"

Leider schlossen sich die Läden des Salons bald wieder. Die *Nautilus* setzte sich in Bewegung. Wir mussten den Tunnel verlassen und den Rückweg unter der Barriere suchen.

Die Fahrt dauerte nur kurz. Plötzlich wurde das Unterseeboot neuerlich von einem fürchterlichen Ruck erschüttert. Wir bewegten uns keinen Zentimeter mehr vorwärts. Offensichtlich war die *Nautilus* mit dem Schnabel gegen einen Eisblock gestoßen, weil der Kanal an diesem Ende verschlossen war. Aber der Schreck und der Stillstand währten nicht lang: Das Boot nahm wieder Fahrt auf – wir fuhren jetzt rückwärts und das nicht gerade langsam!

„Wir kehren um“, sagte Conseil hörbar erleichtert. „Der Kapitän nimmt den anderen Ausgang.“

„Falls es einen gibt“, murmelte Ned Land.

Mir war nicht nach Sprechen zumute. Ich griff nach dem nächstbesten Buch, das in meiner Nähe lag, schlug es auf und gab vor zu arbeiten.

„Sie lesen ja Ihr eigenes Buch“, bemerkte Conseil verwundert.

Mir blieb nichts anderes übrig: Ich legte das Buch beiseite. Ich musste vor mir und den anderen dazu stehen, dass mich die Angst gepackt hatte.

Kurz darauf erfolgte eine weitere heftige Erschütterung, diesmal am Heck. Ich spürte, wie ich erbleichte.

In diesem Augenblick betrat Kapitän Nemo den Salon.

„Sind wir blockiert?“, fragte ich.

„Ja, mein Herr, der Eisberg hat sich gedreht und jeden Ausgang verschlossen.“

„Was können wir tun?“

„Es gibt zwei Arten zu sterben“, erwiderte der Kapitän. „Tod durch Ersticken oder Tod durch Zerquetschtwerden. Verhungern werden wir nicht, denn die Vorräte an Bord reichen für ewig.“

Der Kommandant betätigte den Knopf, der die Jalousien öffnen ließ: Wir hatten wieder den Blick nach draußen. Unser schwimmendes Gefängnis war in einer eisweißen Höhle gefangen!

„Die Luft an Bord reicht höchstens für zwei Tage“, stellte der Kapitän nüchtern fest. „Die einzige Chance, die wir haben, ist, einen der Eisblöcke, der uns im Weg ist, mit Pickeln zu zerkleinern. Den Rest erledigt die *Nautilus* mit einem kräftigen Rammstoß.“

„Ich stehe Ihnen mit meiner ganzen Einsatzkraft zur Verfügung“, verkündete Ned Land.

Umgehend wurden der Harpunier und zehn Männer von der Besatzung mit Tauchausrüstungen und Werkzeug versehen ... der Wettlauf mit der Zeit begann!

Nach zwei Stunden angestrengter Arbeit kehrte der Trupp erschöpft an Bord zurück und wurde durch den nächsten abgelöst. Selbstverständlich meldeten auch Conseil und ich uns freiwillig und hackten, bis sich Schwielen an unseren Händen bildeten. Als wir ausgepumpt zurück ins Schiff kamen und die Sauerstoffgeräte ablegten, stellte ich beim ersten Atemzug fest: Die Luft im Schiff war katastrophal schlecht. Wir konnten nur hoffen, das Hindernis so bald wie möglich beseitigt zu haben...

Um die Arbeit genau berechnen zu können, ließ Kapitän Nemo zusätzlich noch Sonden in den Eisblock treiben und maß seine Dicke. Das Ergebnis war schockierend. An seiner dünnsten Stelle hatte er eine Stärke von zwölf Metern. In vierundzwanzig Stunden waren bei ständigem Einsatz aller Kräfte maximal zwei Meter zu schaffen. Der Sauerstoffvorrat aber reichte nur mehr höchstens eineinhalb Tage! Zu allem Überfluss erschreckte mich noch eine andere Beobachtung: Die Seitenmauern, an denen nicht gearbeitet wurde, rückten der *Nautilus* näher. Bei einer Temperatur von sechs bis sieben Grad unter Null bildete sich an den Rändern des Wasserkanals neues Eis – wir liefen Gefahr, bevor ein Ausgang freigeschlagen war, von den seitlich wachsenden Eismassen zerquetscht zu werden!

„Unsere letzte Chance ist, schneller zu sein als die Eisbildung", reagierte Kapitän Nemo auf meine Mitteilung. Auch in seinem Blick stand jetzt Panik. Selbst ein scheinbarer Übermensch wie er war an seine Grenzen gestoßen.

Die Stunden vergingen nun nicht mehr so schnell wie zu Beginn unserer Befreiungsarbeit. Immer öfter rechnete ich nach, wie viel Zeit uns noch blieb. Und immer häufiger musste ich Pausen einlegen. Am liebsten wäre ich nur noch außerhalb der *Nautilus* geblieben, weil einem dank der Sauerstoffflasche dort draußen reinste Luft zur Verfügung stand. Sobald man aber die Ausrüstung drinnen ablegte und die ersten Atemzüge tat, wurde einem gleich schwindelig. Die Luft im Schiff war so gut wie verbraucht. Die letzten Vorräte an Sauerstoff durften nicht ins Bootsinnere gepumpt werden. Sie wurden dringend für die Geräte draußen bei der Arbeit benötigt.

Obwohl es gewiss jedem von uns gleichermaßen schlecht ging und jeder die Arbeit am Eis trotz der Anstrengung als Labsal und Befreiung empfinden musste, arbeitete keiner länger, als er eingeteilt war. Jeder ging freiwillig in den Raum zurück, der uns zunehmend die Lebenskraft nahm, uns vergiftete, ohne dass wir auch nur irgendetwas dagegen unternehmen konnten. Ich weiß auch nicht mehr, wann ich aufgab, wann mir das Bewusstsein schwand. Ich weiß nur noch, wie Conseil, Ned Land und ich uns röchelnd voneinander verabschiedeten. Dann umfing mich tiefe Schwärze. Ich war bereit zu sterben ...

Vom Kap Hoorn zum Amazonas

Wie meine beiden Gefährten und ich auf die Plattform gekommen waren, erfuhr ich erst viel später. Es waren Kapitän Nemo persönlich und einige seiner Leute gewesen, die uns ohnmächtig nach oben geschleppt hatten, kaum dass die *Nautilus* in voller Fahrt und mit all ihrer Kraft an die eisige Oberfläche geschossen war und sie durchstoßen hatte. Umgehend waren die Luken aufgerissen worden. Reine, polare Luft war in das Innere des Schiffs geströmt.

Alle, die diese unbeschreibliche Qual bis zur totalen Erschöpfung durchgemacht hatten, mussten das Gefühl haben, ein zweites Leben geschenkt zu bekommen. Aber seltsamerweise waren nur wir drei es, die sich draußen auf der Plattform aufhielten. Alle anderen, auch Kapitän Nemo, waren in den hinteren beziehungsweise unteren Räumen der *Nautilus* verschwunden. Wir mussten unser Glück allein genießen ...

Überraschend schnell kamen wir wieder zu Kräften. Es bedurfte keiner Worte, um festzustellen, dass uns dieses Erlebnis noch mehr aneinander gekettet hatte. Jeder hatte für den anderen das Letzte gegeben. Schlimmeres konnte nicht mehr geschehen. Nun konnten wir eigentlich nur noch Hoffnung schöpfen. Aber worauf?

„Wir fahren der Sonne nach", sagte ich meinen Gefährten. „Und das heißt hier unten eindeutig: Wir fahren nach Norden."

„Fragt sich nur, ob in den Atlantik oder in den Pazifik", bemerkte Ned Land trocken. „Das eine heißt: in bevölkerte Gegend. Das andere bedeutet: erneut in die Einsamkeit."

Darauf wusste ich keine Antwort. Ich befürchtete, Kapitän Nemo würde uns eher in den weiten Ozean bringen, der gleichermaßen die Küsten Asiens und Amerikas bespült. Auf diese Weise würde er seine Weltreise unter Wasser an dem Punkt beenden, wo er sie begonnen hatte und sich fern von jeder Kultur wieder in die Einsamkeit zurückziehen. Wie aber sollten wir dann je von diesem Gefährt herunterkommen?

Die Frage nach dem Kurs konnte wohl bald beantwortet werden. Die *Nautilus* war schnell. Wir hatten den Polarkreis schon hinter uns gelassen und hielten Kurs auf Kap Hoorn. Am 31. März, um sieben Uhr abends, befanden wir uns vor der Südspitze des amerikanischen Kontinents.

Merkwürdigerweise war die Erinnerung an die Gefangenschaft im Eis fast schon verblasst. Nur noch in meinen Träumen sah ich uns wie Besessene das Eis mit Pickeln bearbeiten, während es gleichzeitig hinter uns sichtbar näher wuchs und uns zu verschlingen drohte. Ich hörte und sah, wie schließlich die kraftvolle Maschine der *Nautilus* angeworfen wurde, wie sich die Schraube in nicht mehr wahrnehmbarer Geschwindigkeit zu drehen begann, wie das stählerne Monster Anlauf nahm und mit seiner unübertreffbaren Kraft die letzten Schichten des Eisblocks zum Bersten brachte ...

Im wachen Zustand hingegen beschäftigten wir uns nur noch mit der Zukunft. Zeit dazu war genügend vorhanden. Auf dem Schiff geschah nichts Bedeutendes. Kapitän Nemo zeigte sich überhaupt nicht mehr. Nur der Erste Offizier erschien dann und wann, um den aktuellen Kurs auf der Karte einzutragen. Und an diesem Abend wurde es zu meiner Genugtuung klar: Wir liefen in den Atlantik ein!

„Eine gute Nachricht", kommentierte Ned Land die Neuigkeit. „Möchte nur wissen, was das eigentliche Ziel dieses Verrückten ist. Vielleicht will er jetzt den Nordpol in Angriff nehmen?"

„Das wäre ihm zuzutrauen", meinte Conseil.

„Eins verspreche ich dir", sagte Ned Land seinem Zimmergenossen mit allem Nachdruck, „vorher werden wir ihm untreu!"

Am nächsten Tag, dem 1. April, stiegen wir einige Minuten vor zwölf an die Oberfläche. Von der Plattform aus entdeckte ich am Horizont Land. Da es genau im Westen lag, konnte es sich nur um die Insel Feuerland handeln. Aus der Ferne glaubte ich sogar, den Sarmiento zu erkennen. Dieser pyramidenförmige Schieferblock mit spitzem Gipfel ist zweitausendvierhundert Meter hoch und angeblich ein verlässlicher Wetterprophet: Wenn er einen Wolkenhut trägt, wird das Wetter schlecht. Steht er unbedeckt, wird es schön.

Für uns hatte das wenig Bedeutung. Die *Nautilus* tauchte bald wieder unter und fuhr eine Zeitlang in Küstennähe. Ich konnte mal wieder meinen Beobachtungsposten im Salon einnehmen und Studien betreiben: Vor meinen Augen schwammen lange Lianen und gigantische Seegräser, vor allem der Blasentang, den wir auch im offenen Wasser des Pols gefunden hatten. Seine glatten, ledrigen Bänder maßen bis zu dreihundert Meter. Eine andere Alge, der sogenannte Meersalat, bedeckte mit seinen großen Blättern den Meeresboden wie einen Teppich. Er dient den Unmengen von Krustentieren und Mollusken, den Krabben und Tintenfischen als Nahrung. Über diesen üppigen Gründen fuhr die *Nautilus* äußerst schnell dahin und näherte sich den Falklandinseln. Deren raue Gipfel konnte ich am nächsten Morgen mit bloßem Auge erkennen.

Als wir wieder unter Wasser waren, bewunderte ich zahlreiche Medusen, darunter die Kompassqualle. Mit ihrem glatten, halbkugeligen, rotbraun gestreiften Schirm, aus dem vier große rote blattförmige Arme und ein langer Schweif von Tentakeln heraushängen, zählt sie zu den schönsten Arten. Zu gern hätte ich eines dieser Exemplare besessen und aufbewahrt. Aber außerhalb ihres natürlichen Elements vergeht die Schönheit dieser Tierpflanze umgehend – sie verdunstet und stirbt.

Als bald darauf die letzten Erhebungen der Falklandinseln hinter dem Horizont verschwunden waren, tauchte die *Nautilus* zwischen zwanzig und fünfundzwanzig Meter tief und fuhr in den nächsten Tagen sehr zügig an der amerikanischen Küste entlang. Wir passierten das seichte Mündungsdelta des Rio-de-la-Plata, auf dem 37. Meridian den Wendekreis des Steinbocks und am 9. April war schon Kap San Roque, der östlichste Punkt Südamerikas, in Sicht.

Immer noch hatte sich Kapitän Nemo nicht blicken lassen und langsam machte ich mir ernsthaft Sorgen um ihn. Es war zwar nicht das erste Mal auf dieser langen Reise, dass er länger verborgen blieb. Dieses Mal aber konnte es mit dem Unglück unter der Eisbarriere zu tun haben. Hatte er eventuell gesundheitlichen Schaden genommen? Oder war gar Schlimmeres passiert?

Ich kam mir langsam vor wie auf einem Geisterschiff. Und ich verstand mehr und mehr Ned Land, der jede Gelegenheit wahrnahm, um Fluchtmöglichkeiten zu erwägen. Doch entweder bewegten wir uns zwar in Küstennähe – waren aber viel zu schnell, um das Beiboot zu kapern und auszusetzen. Oder wir waren auf freiem Meer und eine Flucht gen Festland wäre mit größtem Risiko verbunden gewesen ...

Inzwischen hatten wir bei stürmischer See auch schon den Äquator hinter uns gelassen. Zwanzig Meilen westlich lag Französisch-Guayana und wieder einmal ging es hinaus aufs freie Meer – dieses Mal allerdings langsamer. Immerhin tauchten jetzt ein paar Mann der Besatzung auf. Ohne uns weiter Beachtung zu schenken, warfen sie ein Sacknetz aus. Und nach einigen Stunden zogen sie einen ganz wunderbaren Fang an Bord. Da sie sich mit der Bergung und der Verarbeitung der Fische viel Zeit ließen, hatten meine Gefährten und ich reichlich Gelegenheit, den Inhalt des Netzes zu begutachten: Unter den Tierpflanzen waren einige schöne Seeanemonen von zylindrischer Form, verziert mit vertikalen Linien und roten Tupfen, gekrönt von einem prächtigen Nest mit Tentakeln. Unter den Mollusken befanden sich Turm-, Purpur- und Flügelschnecken, Dreiecksmuscheln und durchsichtige Seeschmetterlinge. Dazwischen lagen auch kleinere Tintenfische und Kalmare. Vor allem aber begeisterte Conseil und mich die riesige Auswahl an Fischen:

Da waren Neunaugen mit grünlichem Kopf, violetten Flossen, graubläulichem Rücken und silberbraunem Bauch. Sie gehören eigentlich zu den Süßwasserfischen und mussten durch die Strömung des Amazonas ins Meer geraten sein.

Es gab sogenannte Seefledermäuse, einige Arten von Hornfischen und sogar einen etwa ein Meter langen Pantoffelhai.

Unter den Knochenfischen waren es vor allem Seenadeln, stachelige Zahnbrassen, dreißig Zentimeter lange Sardinen, Thunfische, Butterfische, die bis zu zwei Meter lang waren, ungemein aggressive Streifenlippfische mit rotem Rücken, außerdem noch Rot- und Goldbrassen sowie Blöker mit vier gelben Längsstreifen und stumpfem Maul.

Einen Fisch muss ich hier besonders herausheben, denn er dürfte meinem guten Diener Conseil in ewiger Erinnerung bleiben!

Wie fast immer half mir der Flame bei der Klassifizierung. Und dieses Mal wollte er es offensichtlich besonders genau machen: Ganz oben im Netz hatte er einen sehr flachen Rochen entdeckt, der ohne Schwanz eine formvollendete Scheibe gebildet hatte und bestimmt zwanzig Kilo wog. Eigentlich wäre es meine Aufgabe gewesen, meinen treuen Helfer zu warnen. Der nämlich griff nichtsahnend mit beiden Händen nach dem Fisch, als der gerade dabei war das Weite zu suchen. Ein Schrei, ein Zappeln und Conseil wurde in hohem Bogen zurückgeschleudert! „Mein Herr! Mein Herr! Helfen Sie mir! Klasse der Knorpelfische, Ordnung der Knorpelflosser, Unterordnung der Haie, Familie der Rochen ...“

Ned Land und ich halfen dem Armen auf die Beine – er hatte sich auf einen Rochen der gefährlichsten Art, den Augenfleck-Zitterrochen eingelassen!

Kampf mit den Riesenkraken

Am 12. April näherte sich die *Nautilus* wieder der amerikanischen Küste. Sie befand sich jetzt in der Höhe von Holländisch-Guayana, bei der Einmündung des Maroni.

Mir war dieser Kurs gerade recht. In diesem Gebiet lebten mehrere Gruppen von Seekühen, eine Tierart, die mir sehr am Herzen lag. Diese schönen, friedlichen und harmlosen Tiere waren sechs bis sieben Meter lang und wogen mindestens viertausend Kilo. Ihre Aufgabe im Gefüge der Natur ist es, die unterseeischen Wiesen abzugrasen, um so das Überhandnehmen von Pflanzen, die die Mündung der tropischen Flüsse verstopfen, zu verhindern.

„Und weißt du, was geschehen ist, seit der Mensch diese nützlichen Tiere fast ganz ausgerottet hat?“, fragte ich meinen Gehilfen Conseil, der sich inzwischen von seinem Schreck erholt hatte. „Die verfaulten Pflanzen haben die Luft verpestet. Und aus der verpesteten Luft ist das Gelbfieber entstanden, das diese herrlichen Landstriche heimsucht. Die giftige Vegetation hat sich in diesen warmen Meeren vervielfacht. Und dieses Übel hat sich unaufhaltsam von der Mündung des Rio de la Plata bis nach Florida ausgebreitet.“

Ich hätte Conseil noch einiges über diese Dinge erzählen können. Zum Beispiel gehe ich mit anderen

Wissenschaftlern einig, dass, wenn der Mensch auch noch die Wale und Seehunde ausrottet, unsere Nachkommen noch viel größere Probleme bekommen werden. Man kann nicht ungestraft etwas von unserer Erde entfernen, denn jeder Kreatur ist von Gott eine bestimmte Aufgabe im Sinne des Ganzen aufgetragen worden. Davon bin ich zutiefst überzeugt!

Die nächsten Reisetage waren langweilige Tage.

Zwar hatte sich Kapitän Nemo wieder blicken lassen. Aber mit ihm war tatsächlich eine Veränderung vorgegangen. Er war jetzt viel verschlossener, weniger gesellig und zumeist richtig mürrisch. Früher hatte er mir öfter bei den Studien zugesehen und mir viele Wunder der Meerestiefen erklärt. Nun mied er den Salon und ging mir anscheinend aus dem Weg.

Was war die Ursache?

War ihm etwa unsere Anwesenheit an Bord unangenehm geworden?

Bestand plötzlich Hoffnung die Freiheit wiederzuerlangen?

Der Kanadier, Conseil und ich erörterten diese Fragen in aller Ausführlichkeit. Seit sechs Monaten waren wir Gefangene an Bord der *Nautilus*. Siebzehntausend Meilen hatten wir zurückgelegt. Im Grunde war jede weitere Meile jetzt überflüssig. Dieser Meinung war jedenfalls Ned Land. Und auch ich konnte mich seiner Ansicht nicht mehr mit guten Argumenten widersetzen. Seit dem Beginn unserer Reise hatte ich so viel Material gesammelt, dass es mich nun drängte daraus ein Buch zu machen. Dieses Werk würde revolutionär sein. Nur, wie sollte das je ein Mensch erfahren, wenn es nicht gedruckt und verkauft würde?

Die *Nautilus* hatte sich seit einigen Tagen von der amerikanischen Küste entfernt. Am 16. April sichteten wir in einer Entfernung von ungefähr dreißig Meilen Martinique und Guadeloupe. Und wieder einmal bedrängte mich Ned Land Stellung zu beziehen. Entweder ich war bereit ein Befreiungsgespräch mit Kapitän Nemo zu suchen, oder ich sollte mich an einem Fluchtversuch beteiligen ...

Ich war schon zum einen oder anderen fast bereit, als am 20. April – ich befand mich mit meinen beiden Gefährten vor dem Ausguck im Salon – etwas Fürchterliches passierte.

Ja, wir hatten richtig gesehen: Die Arme eines Riesenkalmars bewegten sich direkt vor unseren Augen!

„Was für ein scheußliches Tier!", rief Ned Land.

Auch ich konnte mich eines Ekels nicht erwehren: Was sich da zunächst nur in Einzelteilen zeigte, suchte jetzt schlängelnd unsere Nähe. Ein kolossaler Kalmar, gut acht Meter lang, wand sich vor dem Ausguck, glotzte uns mit seinen riesigen meergrünen Augen an. Seine acht Arme, oder besser gesagt, seine acht Füße, die am Kopf angewachsen waren, maßen doppelte Leibeslänge. Deutlich konnte man die unzähligen Saugnäpfe an der Innenseite der Fangarme erkennen. Einige von ihnen hatten sich an der Scheibe des Salons angesaugt. Das Maul des Monstrums, einem Papageienschnabel ähnlich, öffnete und schloss sich unentwegt. Der spindelförmige und zur Mitte hin aufgequollene Leib bildete eine fleischige Masse, die unendlich viele Kilos wiegen mochte ...

Ich hatte instinktiv zu Stift und Zeichenblock gegriffen, um diese einmalige Erscheinung festzuhalten.

„Da, noch mehr!“, schrie Conseil. „Sie kommen zu mehreren!“

In der Tat: Die Polypen schienen sich unser Schiff als ein gefundenes, aber nicht verdaubares Fressen ausgesucht zu haben.

Plötzlich hielt die *Nautilus* an. Gleichzeitig ließ ein Stoß sie erzittern.

„Sind wir aufgelaufen?“, rief Conseil verschreckt.

Die Frage erübrigte sich: das Boot schwamm noch, bewegte sich jedoch nicht mehr vorwärts, die Flügel der Schraube schlugen das Wasser nicht.

In diesem Augenblick betraten Kapitän Nemo und sein Erster Offizier eilig den Salon. Sie warfen einen Blick aus dem Ausguck, der Kapitän gab einen Befehl und der Offizier verschwand.

„Merkwürdiger Besuch, nicht wahr, Herr Kapitän?“, sagte ich.

„Gewiss, Herr Naturalist“, sagte der Kommandant barsch. „Wir werden handgemein mit ihm werden.“ Ich sah den Kommandanten an. Ich glaubte, nicht recht gehört zu haben: „Handgemein?“

„Ja, mein Herr. Unsere Schraube ist blockiert. Der Hornkiefer eines dieser Kalmare hat sich anscheinend in den Flügeln verfangen. Von selber wird sich das Problem nicht lösen."

„Und was wollen Sie unternehmen?"

„Aussteigen und das ganze Gezücht massakrieren!"

Mir schauderte.

„Mit den elektrischen Geschossen wird man nichts ausrichten können gegen das weiche Fleisch. Wir müssen es mit Beilen versuchen,"

„Und mit der Harpune, mein Herr", sagte der Kanadier. „Falls Sie meine Hilfe nicht ablehnen."

„Ich nehme sie an, Meister Land."

„Wir werden Sie auch begleiten", sagte ich und nickte Conseil zu.

Gemeinsam gingen wir mit Kapitän Nemo zur Mitteltreppe, wo sich schon ein Dutzend Männer, mit Beilen bewaffnet, aufhielten. Auch Conseil und ich bekamen jeder ein Beil, Ned Land eine Harpune.

Die *Nautilus* war indessen zur Meeresoberfläche aufgestiegen und einer der Matrosen war dabei, die Bolzen der Ausstiegsluke aufzuschrauben. Aber kaum waren die Schraubenmuttern gelöst, wurde der Lukendeckel von außen aufgerissen – augenscheinlich vom Saugnapf eines Krakenarms!

Eine Schrecksekunde – und einer dieser langen Fangarme glitt schlangengleich durch die Öffnung und mindestens zwanzig weitere waren über ihm zu erkennen. Kapitän Nemo holte aus: Mit einem kräftigen Axthieb trennte er den furchtbaren Arm ab ... zuckend glitt er die Stufen herunter.

Sofort versuchten einige von uns, die Plattform zu erreichen, vorneweg ein Matrose. Wieder peitschten zwei Krakenarme durch die Luft. Der Matrose versuchte auszuweichen – doch die Arme packten ihn und rissen ihn mit unwiderstehlicher Gewalt vom Boden hoch.

Kapitän Nemo stieß einen Schrei aus und stürzte auf die Plattform, wir anderen hinter ihm her.

Was für ein schrecklicher Anblick: Der Matrose war immer noch in den Fängen des Riesenkalmars. Einige Saugnäpfe hatten sich an seinen Körper gepresst. Wie ein leichtgewichtiges Spielzeug wurde er durch die Luft geschwenkt. Der Arme keuchte, rang nach Atem und mit letzter Anstrengung rief er etwas, das mir direkt ins Herz drang: „À moi! À moi!"

Völlig unerwartet hatte ich meine Muttersprache gehört. Der Matrose war ein Landsmann von mir. In seiner Panik hatte er sich verraten.

Mir blieb keine Zeit zum Nachdenken. Ich musste mich meiner eigenen Haut erwehren.

Da plötzlich verspritzte das blindwütige Tier eine schwarze Flüssigkeit. Für einen Moment sah man nichts, war wie geblendet. Und dann, dann war alles zu spät: Das Untier war verschwunden. Es war ins Wasser geglitten und hatte den Matrosen für immer mit sich gerissen! Und: Ein anderes hatte sein scheußliches Maul aufgesperrt und wollte gerade Ned Land packen!

„Hinweg, du Bestie!", schrie Kapitän Nemo und traf das Tier tödlich. „Diese Revanche war ich Ihnen schuldig!"

Die Riesenkalmare schienen beeindruckt. Plötzlich zogen sie sich zurück. Wir waren gerettet.

Noch lange blieb Kapitän Nemo nach diesem Kampf allein auf der Plattform. Als er zurück ins Bootsinnere kam, sah ich Tränen in seinen Augen. Er hatte seinen zweiten Gefährten verloren. Und dieses Mal konnte er ihn nicht auf dem Korallenfriedhof bestatten.

Nach diesem Ereignis wurde der Kommandant noch eigenbrötlerischer und unnahbarer. Während die *Nautilus* dem Golfstrom nach Norden folgte, ließ sich dieser rätselhafte Mensch überhaupt nicht mehr blicken. Zuweilen hatte ich das Gefühl, mit meinen Gefährten allein an Bord zu sein – von Überwachung keine Spur mehr.

„Mir reicht's jetzt endgültig", stellte mich eines Tages Ned Land zur Rede. „Ich fühle mich hier niemandem verpflichtet. Ich will wieder an Land und meine Entscheidungsfreiheit haben. Wenn Sie und Conseil sich an der Flucht beteiligen wollen, soll es mir recht sein. Wenn nicht, besorge ich die Sache allein!"

Mir war klar: Dem Kanadier war es endgültig ernst. Ich traute ihm jetzt jede Art von Coup zu.

„Ich werde, wie versprochen, mit dem Kapitän reden", beruhigte ich Ned Land. „Danach können wir entscheiden, wie wir vorgehen."

Tatsächlich machte ich mir neue Hoffnungen: Welchen Sinn und Zweck sollte es haben, uns an Bord zu halten?

Selbst wenn wir Kapitän Nemo verraten würden – welchen Feind hätte er zu fürchten? Im Übrigen war auch meine Begeisterung an der ganzen Unternehmung verflogen. Ich hatte meine Studien abgeschlossen. Mit dem Kapitän schien mich nichts mehr zu verbinden. Er ging mir total aus dem Weg, ohne dass ich wusste, warum. Deshalb beschloss ich, sofort zu handeln. Obwohl er mir sein Zimmer und die dahinterliegenden Räume streng verboten hatte, klopfte ich eines Tages an seine Tür.

Ich bekam keine Antwort, obwohl ich Schritte vernahm. Ich klopfte ein zweites Mal. Ich rief seinen Namen. Schließlich öffnete ich einfach die Tür und trat ein. Der Kapitän war über seinen Arbeitstisch gebeugt und schien wirklich nichts gehört zu haben. Entschlossen, ihn zu stellen, trat ich hinter ihn.

„Ich möchte mit Ihnen sprechen, Kapitän."

„Sie hier?" Der Kommandant hatte sich brüsk umgewandt und sah mich ausgesprochen unfreundlich, ja fast feindlich an.

Mit wenigen Worten erklärte ich, was Ned Land, Conseil und mir seit langem durch den Kopf ging.

„Die Freiheit wollen Sie wiederhaben?", sagte Kapitän Nemo ironisch. „Wer einmal auf die *Nautilus* kommt, darf sie nie mehr verlassen."

„Das ist Sklaverei!"

„Nennen Sie es, wie Sie wollen. Ich habe mein letztes Wort dazu gesagt. Im Übrigen denke ich, dass Ihre und meine Haltung zum Leben nicht so unterschiedlich ist.

Auch ich habe meine Studien betrieben und sie zu einem großen Werk zusammengefasst. Darüber hinaus habe ich meine Autobiografie geschrieben. Sie wird bei gegebener Zeit ..."

„Wir könnten sie mitnehmen und in Ihrem Sinn verwenden, wenn Sie uns von Bord ließen", versuchte ich den Kapitän noch einmal umzustimmen.

Er lächelte bitter: „Ich habe die Materialien in eine Urne geschlossen. Der letzte Überlebende auf der *Nautilus* wird sie ins Meer werfen. Und dann werden sie dahin gelangen, wohin die Fluten sie tragen. Und nun lassen Sie mich bitte allein!"

„Jetzt wissen wir, dass wir von diesem Menschen nichts mehr zu erwarten haben", stellte Ned Land nüchtern fest, nachdem ich meine Gefährten informiert hatte. „Kapitän Nemo ist ein Wahnsinniger."

Wie recht er hatte, zeigte sich schon in den nächsten Tagen: Ein Orkan zog auf. Und was tat der Kommandant? Er ließ sich auf der Plattform anbinden und trotzte dort einsam den Wogen, dem Regen, den Blitzen ... Man hätte meinen können, Kapitän Nemo würde einen Tod ersehnen, der seiner würdig war!

Das Ende

Es muss gegen Mitternacht gewesen sein, als Kapitän Nemo unversehrt wieder ins Innere des Schiffes kletterte. Vom Sturm zerzaust und vom Regen durchnässt, wankte er zu seiner Kabine. Er schien niemanden und nichts um sich herum wahrzunehmen. Wie sollte dieser gebrochene Mensch noch die Geschicke seines Unterseebootes im Griff haben? Wie sollten wir noch je eine Chance haben, unser Leben zu retten?

So rätselhaft das Verhalten des Kommandanten in der letzten Zeit war, so rätselhaft war auch der Kurs der *Nautilus*. Eine Zeitlang schien sie regelrecht herumzuirren, ohne ein bestimmtes Ziel zu haben.

Einige Tage hielten wir uns in der Nähe des amerikanischen Kontinents auf – mit Nordostkurs. Dann wechselten wir die Fahrtrichtung, folgten dem Transatlantischen Kabel und näherten uns Europa, genauer gesagt, Irland.

Es war inzwischen der 31. Mai und wir konnten mit bloßem Auge Land erkennen. Sofort hatten Ned Land, Conseil und ich die gleiche Idee: Sobald es Nacht wurde, wollten wir versuchen, das Boot zu kapern und uns gen englische oder irische Küste durchzuschlagen.

Doch noch bevor es dunkelte, wurden die Kammern der *Nautilus* gefüllt: Im Nu sank das Schiff auf mehrere hundert Meter und überraschenderweise tauchte Kapitän Nemo im Salon auf.

„Ich will Ihnen etwas zeigen“, sagte er mit einer Stimme, die mir kälter und fremder denn je vorkam. Mit starrem Ausdruck sah der Kommandant durch die Ausguckscheiben und plötzlich wies seine rechte Hand auf ein riesiges dunkles Gebilde am Meeresboden: „Hier liegt sie, die ehemalige *Marseillais*! Versunken mit dreihundertfünfundsechzig Matrosen an Bord! Heute vor vierundsiebzig Jahren fand sie ihr Ende im Kampf gegen ein englisches Geschwader. Wissen Sie, Professor, welchen Namen sie damals trug?“

„*Vengeur*“, sagte ich.

„Jawohl, *Vengeur*, der Rächer! Ein schöner Name, nicht wahr?“

Kapitän Nemos Stimme zitterte. Seine Augen wirkten noch dunkler als sonst. Er kreuzte die Arme vor der Brust und blickte reglos auf das Wrack, welches das Grab für so viele Menschen geworden war. Mir schauderte und ich ließ den Kommandanten alleine stehen.

In der Nacht plagten mich Alpträume. Und am nächsten Morgen musste ich so schnell wie möglich feststellen, ob sich die *Nautilus* weiter in Küstennähe aufhielt. Ich kletterte nach oben und wurde durch ein dumpfes Geräusch verwirrt: Das Schiff schien für einen Moment zu beben.

Ich sah, dass die Luken geöffnet waren, stieg hinauf und stieß auf Ned Land:

„Wir werden angegriffen, Professor!“, rief mir der Harpunier entgegen. „Sehen Sie da hinten! Ein Kriegsschiff!“

Im Nu war alle Schlaftrunkenheit von mir abgefallen. Mit bloßen Augen erkannte ich ein Schiff, das mit vollen Segeln direkt auf uns zuhielt.

„Das ist unsere Chance“, flüsterte Ned Land. „Egal, ob Engländer, Franzose, Amerikaner oder Russe. Wir schwimmen rüber und sind gerettet.“

Ich wollte gerade etwas erwidern, als am Bug des Kriegsschiffes eine weiße Dampfwolke aufstieg. Sekunden später spritzte das Wasser neben der *Nautilus* hoch auf. Eine Detonation war zu hören. Schon wieder war eine Dampfwolke zu erkennen. Die nächste Kugel flog auf uns zu.

Ich mache es kurz: an Flucht war erneut nicht zu denken. Die *Nautilus* wurde angegriffen und niemand an Bord schien davon Notiz zu nehmen.

„Wir müssen ihnen ein Zeichen geben!“, schrie Ned Land gegen den Detonationslärm an.

Er zog ein Taschentuch hervor, um es in der Luft zu schwenken.

Im selben Augenblick wurde er von hinten gepackt und ins Innere des Schiffes gezogen. Ich folgte freiwillig und sah direkt in die hasserfüllten Augen Kapitän Nemos.

„Elender Narr!“, schrie er den Harpunier an. „Soll ich dich an den Bug der *Nautilus* binden, bevor sie sich auf ihren Angreifer stürzt?“

Ich sah, wie Kapitän Nemo, eine schwarze Fahne in der Hand, erneut auf die Plattform stieg und kurz darauf mit leeren Händen wieder erschien. Ein dumpfer Aufprall ließ unser Schiff für einen Moment erbeben. Eine weitere Detonation war zu vernehmen ...

„Die Luken schließen!“, befahl der Kommandant mit donnernder Stimme. „Wir greifen an!“

„Was haben Sie vor?“, rief ich und hätte Kapitän Nemo am liebsten gepackt.

„Ich werde meinen Feind versenken!“

„Das werden Sie nicht tun!“, rief ich.

„Schweigen Sie und folgen Sie mir in den Salon!“, brüllte der Kommandant.

Ein Redeschwall ergoss sich über mich, während ich Kapitän Nemo wie benommen zu dem Ausguck folgte, durch den ich schon so viel Faszinierendes beobachten konnte.

„Gleich wird es soweit sein“, hörte ich den Kommandanten irgendwann sagen.

Ich spürte, wie die *Nautilus* ihre Geschwindigkeit erhöhte und Anlauf nahm. Ich wollte schreien, aber die Kehle war mir zugeschnürt. Ich sah, wie Kapitän Nemo stumm, finster und unversöhnlich durch die Luke starrte.

Dann ein Stoß, eine Erschütterung und ... Ruhe, schauerliche Ruhe ... und dann, wie in Zeitlupe, ein Anblick, der mich erschauern ließ.

Das Kriegsschiff war noch nicht ganz versunken, als Kapitän Nemo wortlos den Salon verließ. Ich blickte ihm nach und hatte das Gefühl, ihm nie wieder zu begegnen.

Es folgten Stunden, in denen ich nicht wusste, was ich noch tun sollte. Es wurden Tage daraus ...

Die *Nautilus* hatte wieder Fahrt aufgenommen. Aber keiner sagte uns, mit welchem Ziel. Niemand von der Mannschaft, nicht einmal der Erste Offizier, ließ sich blicken. Sogar die Mahlzeiten mussten wir uns selber besorgen. Und selbst die Seiten des Logbuchs, in dem zuvor, für jeden zugänglich, mehrmals täglich unser Kurs eingetragen wurde, blieben leer.

„Diese Fahrt endet mit einer Katastrophe", prophezeite Ned Land düster und weder Conseil noch ich konnten widersprechen.

Seit geraumer Zeit war die *Nautilus* abgetaucht. Die Geschwindigkeitsmesser zeigten hohes Tempo an. Ich überlegte, welches Datum wir inzwischen schrieben und musste mit Schrecken feststellen: Ich hatte die Orientierung verloren. Seit einigen Tagen hatte ich keine Eintragungen mehr gemacht.

„Aronnax, du hast alle Hoffnung aufgegeben", hörte ich mich nachts in meinem Bett sagen. Ich sah einen dunklen Schatten mein Zimmer betreten und vernahm eine Stimme:

„Wir werden fliehen!"

Es war Ned Land. Er hatte sich über mich gebeugt und flüsterte: „Ich habe alles vorbereitet ... Wasser, Lebensmittel, Waffen. Es gibt keinerlei Überwachung mehr. Machen Sie mit, Professor?"

Ich nickte und erhob mich.

„Wir treffen uns in einer halben Stunde in der Bootskammer“, flüsterte der Harpunier und verschwand. Wie in Trance zog ich meinen warmen Meeranzug an, sammelte meine sämtlichen Aufzeichnungen und verstaute sie in einer Innentasche, wo sie vor Nässe geschützt waren. Ich blickte mich in dem Raum um, in dem ich so viele Monate verbracht hatte. Sollte ich doch noch einmal festen Boden unter meinen Füßen spüren? Ich wollte zur Tür gehen und stutzte. Was waren das für Töne? Aus dem Salon hörte ich das, was ich seit Ewigkeiten nicht mehr vernommen hatte: Kapitän Nemo spielte Orgel. Und es waren Klänge, die bedrückender und trauriger nicht sein konnten. Ich hielt den Atem an und öffnete meine Tür. Der Salon war fast dunkel. Durch den Ausguck erkannte ich, dass die *Nautilus* wieder an der Wasseroberfläche fuhr und sich durch gigantische Wogen kämpfte.

Wenn er sich jetzt umdreht ... Wenn er mich jetzt in meiner Aufmachung sieht ...

Auf Zehenspitzen schlich ich durch den Salon und sah mit einem Seitenblick, wie sich Kapitän Nemo erhob. Ich hörte seine Stimme hinter mir und war draußen! Auf dem Gang begegnete mir Conseil:

„Kommen Sie, Professor! Wir müssen es schaffen! Das Boot ist startklar.“

Gemeinsam schlüpften wir in die Bootskammer, wo Ned Land damit beschäftigt war, riesige Muttern zu lösen.

„Die Schotten dicht!“, befahl er, als im gleichen Moment mehrere Stimmen zu vernehmen waren: „Malstrom! Malstrom!“

Mir fuhr der Schreck in die Glieder: Der Malstrom! Waren wir etwa in einer der gefährlichsten Gegenden gelandet, die es auf allen Weltmeeren gab?

Es war zu spät, einen neuen Gedanken zu fassen. Wir mussten ins Boot. Die Luke hatte sich über uns geöffnet. Ein Schwall von Wasser, ein Sog, ein wilder Strudel hatte uns erfasst und ins Meer geworfen ...

Das letzte, woran ich mich erinnere, ist ein fürchterlich harter Schlag gegen meinen Kopf. Ich verlor jegliche Kontrolle über mich. Ich wurde ohnmächtig. Was in den nächsten Stunden geschah, wie das Boot dem furchtbaren Wirbel des Malstroms entkam … es entzieht sich meiner Kenntnis.

Als ich wieder zu mir kam, lag ich in der Hütte eines Fischers auf den Lofoten. Neben mir waren Conseil und Ned Land, offenbar unversehrt und kümmerten sich fürsorglich um mich. Ich war noch ganz benommen und es war alles noch so fremd und anders, dass ich nicht an Rettung glauben mochte.

Vor meinen Augen sah ich Kapitän Nemo, wie er das Kriegsschiff, das auf die *Nautilus* zuhielt, anstarrte. Mit einer Stimme, in der all seine Verzweiflung und Not mitschwang, rief er: „Ich bin das Recht! Ich bin die Gerechtigkeit! Ich bin der Unterdrückte, dort drüben ist der Unterdrücker! Durch ihn habe ich alles verloren, was mir lieb und teuer war ... meine Heimat, meine Gattin, meine Kinder, meine Eltern, alles! Alles, was ich hasse, ist in ihm verkörpert!"

Im Geiste sah ich noch einmal das Kriegsschiff in den Fluten versinken. Und mit einem Mal war mir klar, dass Kapitän Nemo ein schreckliches Schicksal erlitten haben musste ... dass dieses Schiff nur das letzte war von vielen, die ihn auf den Weltmeeren verfolgt hatten, um ihn und sein Lebenswerk, die *Nautilus*, zu versenken. Spätestens nachdem die *Abraham Lincoln* auf das Unterseeboot gestoßen war, musste die Jagd begonnen haben. Hatte der Kapitän damals nicht auch mit einem Schiff gekämpft, als er uns einschließen ließ? Wie sonst sollte es zu dem Toten gekommen sein, der feierlich auf dem Korallenfriedhof bestattet worden war? Wie viele Schiffe mochte die *Nautilus* schon versenkt haben bei ihren Kreuzfahrten auf den großen Ozeanen? Zwanzigtausend Meilen hatte ich an Bord dieses rätselhaften Bootes verbringen müssen und dürfen. Über einen Zeitraum von fast zehn Monaten hatte ich Dinge erlebt, waren mir Wunder enthüllt worden, die bisher niemand auf der Welt auch nur erahnen konnte ...

In meinen Gedanken durchfuhr ich noch einmal den Pazifischen und den Indischen Ozean, kreuzte im Roten Meer, im Mittelmeer und im Atlantik, sah uns in den Tiefen der südlichen und nördlichen Meere.

Alles, was ich notiert habe, ist so ehrlich und genau beschrieben, wie es mir nur möglich war. Ich habe nichts ausgelassen und nichts übertrieben. Die Forscher in naher oder erst ferner Zukunft werden nachprüfen können, was ich dank eines außerordentlichen Menschen, eines Genies, schon heute kennenlernen durfte.

Was aus der *Nautilus* geworden ist – ich vermag es nicht zu sagen.

Konnte sie auch dem grausamen Malstrom entkommen? Lebt Kapitän Nemo noch? Übt er weiter seine Rache in den Tiefen der Ozeane aus, oder ist dieser schreckliche Durst jetzt befriedigt?

Vielleicht werden einst tatsächlich die Fluten irgendwo auf der Welt das schriftliche Lebenswerk und die Biografie von Kapitän Nemo an Land spülen. Erst dann wird man erfahren, aus welchem Teil der Welt der Kommandant stammt, wer seine eigentlichen Widersacher waren, wer ihn in diesen Wahn getrieben hat, der so viel Wunderbares und Schreckliches zugleich erzeugt hat.

So, als ob Kapitän Nemo leibhaftig vor mir erscheinen würde, sehe ich ihn bei meiner letzten Begegnung im Salon der *Nautilus*, während noch die letzten Orgelklänge in meinen Ohren nachhallen: Er tritt auf mich zu, die Arme über der Brust verschränkt ... wie eine Geistererscheinung, die meine Flucht verhindern will. Ich höre ihn mehrmals seufzen und die Worte murmeln:

„Allmächtiger Gott! Genug! Genug!“

Ich hoffe von ganzem Herzen, dass dieser Wunsch in Erfüllung gegangen ist. Ich hoffe, dass die *Nautilus* den furchtbarsten Wirbel, den es auf unseren Meeren gibt, überwunden hat. Ich wünsche, dass der Hass im Herzen dieses großen Mannes erloschen ist. Mögen wir zwei friedvoll die Erforschung der Meere fortsetzen ... Kapitän Nemo und ich.

Nachwort

Wer hätte gedacht, dass ein so phantasievoller Mensch aus einer stockkonservativen Familie stammte?

Aber es stimmt: Jules Verne, der 1828 in Nantes in Frankreich geboren wurde und als „Vater der Science-Fiction" gilt, wuchs in einer biederen Juristenfamilie auf. Doch seine Rebellion gegen den Vater begann früh. Anstatt den ewigen Predigten seines strengen Papas zu lauschen, träumte er als Kind von abenteuerlichen Reisen in ferne und exotische Länder, von der Welt unter den Meeren und in den Lüften, von seltsamen „Stahlstädten" und „Propellerinseln" voller Wunder. Jules Verne war seiner Zeit voraus: Seine Begeisterung galt der Technik: den Luftschiffen, Heißluftballons, Unterseebooten und Segelschiffen. Jules Vernes Vater erfreute die rege Phantasie seines Sprösslings weniger. Er schalt den Jungen für seine Tagträumereien und „Hirngespinste". Bereits mit elf Jahren unternahm der junge Jules den Versuch der strengen Fuchtel seines Vaters zu entkommen: Er hatte den Plan gefasst als Schiffsjunge anzuheuern und per Segelschiff alle Meere zu erkunden. Aber sein Fluchtversuch scheiterte und es gab mächtig Ärger zu Hause ...

In seiner Jugend ging Jules Verne nach Paris um dort Jura zu studieren. Er tat es seinem Vater zuliebe, der sich wünschte, ihn in seine Fußstapfen treten zu sehen. Doch auch während seines Studiums verlor Jules Verne nie den Sinn für Abenteuer: Er engagierte sich in der französischen „Gesellschaft zur Förderung der Luftschifffahrt" und half einem Freund, der an einem Heißluftballon tüftelte. Der Versuch, sich mit dem Ballon in die Lüfte zu erheben, endete aber mit einer saftigen Bruchlandung ...

Nachdem Jules Verne sein Studium beendet hatte, beschloss er sich von den Rechtswissenschaften abzuwenden und seinen Lebensunterhalt als Autor zu verdienen. Seinen literarischen Durchbruch erlebte er 1863 mit der Veröffentlichung der „Fünf Wochen im Ballon". Fasziniert von der Phantasie des Schriftstellers machte der Verleger Pierre-Jules Hetzel ihn zum Hauptautor seiner Jugendbuchreihe. Bis zu seinem Tod im Jahre 1905 brachte der Autor über 50 Werke heraus, von denen die meisten von den „Voyages Extraordinaires", den „Außergewöhnlichen Reisen" in wundersame Phantasiewelten, erzählen. Über 30 Verfilmungen der Werke Jules Vernes gibt es, allein sieben von dem 1870 veröffentlichten Werk „20.000 Meilen unter dem Meer" und diese reichen vom Stummfilmklassiker bis hin zur Zeichentrickverfilmung. In Berlin wurde ein Jules-Verne-Club gegründet, dessen Mitglieder auf den Spuren ihres Lieblingsautors wandeln und Ausflüge per Ballon oder Segelschiff unternehmen. Wer einmal in Jules Vernes Welt eingetaucht ist, kommt nicht mehr davon los und so werden Kapitän Nemo oder Phileas Fogg wohl unvergessen bleiben.

Walbreckers Klassiker

Klassiker sind Bücher, die sich über einen langen Zeitraum als Lieblings-Lektüre von Jugendlichen durchgesetzt haben – oft gegen den Willen von Eltern oder von Literaturkritikern. Sie erzählen sowohl von zeitlosen menschlichen Problemen als auch von Erlebnissen in anderen Zeiten und anderen Ländern.

Jeder unserer Klassiker ist ausgezeichnet nacherzählt – beziehungsweise neu erzählt und in vielen Vorlesungen darauf überprüft worden, ob er auch „ankommt". Denn: Lesen ist kreativ und macht Lust, ein spannendes, ein gehaltvolles Leben zu führen.

Oliver Twist
Schneller Wechsel der Schauplätze, überraschende Wendungen, viele Feinde, einige Freunde und andere, von denen man nicht weiß, ob sie für oder gegen Oliver Twist sind, machen die Handlung spannend und interessant. Oft geht es um Leben oder Tod.
In diesem Roman werden Verhältnisse geschildert, die wir hier nicht mehr kennen, die es aber noch heute in manchen Teilen der Welt gibt.

Die Abenteuer des Tom Sawyer
Mark Twain, einer der berühmtesten und erfolgreichsten Autoren der Welt, hat diesen aufmüpfigen Typen TOM SAWYER erfunden, einen Jungen, der mit seinen verrückten und fantastischen Ideen die ganze Familie auf Trab hält. Verliebt in Becky und befreundet mit dem originellsten Schulschwänzer Huckleberry Finn, inszeniert er eine Story, die uns an den großen Mississippi entführt – hier zeitgemäß nacherzählt und ein Lesevergnügen für die ganze Familie!

Die Schatzinsel

Vielfältige Charaktere sind in diesem Klassiker in einem Spiel auf Leben und Tod verbunden. Nie geht die Spannung verloren, die Reise mit dem Schiff ist für Jim Hawkins eine Möglichkeit, hinaus in die Welt zu gehen und sich zu bewähren. Er ordnet sich nicht unter und geht seinen eigenen Weg.
Es wird gezeigt, wie die Gier nach Gold und Geld manche Menschen zu Übeltätern und Bestien macht. Es wird klar, wie manche Menschen am Alkohol scheitern – selbst Long John Silver, der Anführer der Piraten, warnt seine Kumpane davor.

Sindbad der Seefahrer

Wer möchte nicht in diese fantastische orientalische Welt reisen, mit SINDBAD DEM SEEFAHRER? Wer möchte nicht an seinen spannenden Abenteuern teilhaben?
Vor vielen hundert Jahren wurden sie in Indien und Arabien erfunden, die zauber-vollen ERZÄHLUNGEN AUS 1001 NACHT. Eine der unterhaltsamsten und originellsten ist die von Sindbad – hier neu erzählt, zum Vergnügen der ganzen Familie!

Robinson Crusoe

Robinson, der berühmte Schiffbrüchige auf einer einsamen Insel, muss lernen, sich allein zu versorgen. Zum Überleben braucht er Schutz und nachwachsende Lebensmittel. Eine lange Zeit voller Abenteuer verbringt er hier, bis er wieder Kontakt zu Menschen bekommt – aber es sind Kannibalen! Eine Geschichte voll innerer und äußerer Spannung.

Kuebler Verlag